A RESISTÊNCIA

JULIÁN FUKS

A resistência

9ª *reimpressão*

COMPANHIA DAS LETRAS

Copyright © 2015 by Julián Fuks
Proibida a venda em Portugal

*Grafia atualizada segundo o Acordo Ortográfico da Língua Portuguesa de 1990,
que entrou em vigor no Brasil em 2009.*

Capa
Victor Burton e Anderson Junqueira

Imagem de capa
© Getty Images
© iStock

Preparação
Márcia Copola

Revisão
Huendel Viana
Marina Nogueira

*Os personagens e as situações desta obra são reais apenas no universo da ficção;
não se referem a pessoas e fatos concretos, e não emitem opinião sobre eles.*

Dados Internacionais de Catalogação na Publicação (CIP)
(Câmara Brasileira do Livro, SP, Brasil)

Fuks, Julián
    A resistência / Julián Fuks. — 1ª ed. — São Paulo : Companhia
das Letras, 2015.

    ISBN 978-85-359-2637-8

    1. Ficção brasileira I. Título.

15-07034	CDD-869.3

Índice para catálogo sistemático:
1. Ficção : Literatura brasileira   869.3

Todos os direitos desta edição reservados à
EDITORA SCHWARCZ S.A.
Rua Bandeira Paulista, 702, cj. 32
04532-002 — São Paulo — SP
Telefone: (11) 3707-3500
www.companhiadasletras.com.br
www.blogdacompanhia.com.br
facebook.com/companhiadasletras
instagram.com/companhiadasletras
twitter.com/cialetras

Ao Emi, muito mais que o irmão possível.

Creo que hay que resistir: éste ha sido mi lema. Pero hoy, cuántas veces me he preguntado cómo encarnar esta palabra.

Ernesto Sabato

1.

Meu irmão é adotado, mas não posso e não quero dizer que meu irmão é adotado. Se digo assim, se pronuncio essa frase que por muito tempo cuidei de silenciar, reduzo meu irmão a uma condição categórica, a uma atribuição essencial: meu irmão é algo, e esse algo é o que tantos tentam enxergar nele, esse algo são as marcas que insistimos em procurar, contra a vontade, em seus traços, em seus gestos, em seus atos. Meu irmão é adotado, mas não quero reforçar o estigma que a palavra evoca, o estigma que é a própria palavra convertida em caráter. Não quero aprofundar sua cicatriz e, se não quero, não posso dizer cicatriz.

Poderia empregar o verbo no passado e dizer que meu irmão foi adotado, livrando-o assim do presente eterno, da perpetuidade, mas não consigo superar a estranheza que a formulação provoca. Meu irmão não era algo distinto até que foi adotado; meu irmão se tornou meu irmão no instante em que foi adotado, ou melhor, no instante em que eu nasci, alguns anos mais tarde. Se digo que meu irmão foi adotado, é como se denunciasse sem desespero que o perdi, que o sequestraram, que eu tinha um irmão até que alguém veio e o levou para longe.

A opção que resta é a mais pronunciável; entre as possíveis, é a que causa menos inquietação, ou a que melhor a esconde. Meu irmão é filho adotivo. Há uma tecnicidade no termo, filho adotivo, que contribui para sua aceitação social. Há uma novidade que por um átimo o absolve das mazelas do passado, que parece limpá-lo de seus sentidos indesejáveis. Digo que meu irmão é filho adotivo e as pessoas tendem a assentir com solenidade, disfarçando qualquer pesar, baixando os olhos como se não sentissem nenhuma ânsia de perguntar mais nada. Talvez compartilhem da minha inquietude, talvez de fato se esqueçam do assunto no próximo gole ou na próxima garfada. Se a inquietude continua a reverberar em mim, é porque ouço a frase também de maneira parcial — meu irmão é filho — e é difícil aceitar que ela não termine com a verdade tautológica habitual: meu irmão é filho dos meus pais. Estou entoando que meu irmão é filho e uma interrogação sempre me salta aos lábios: filho de quem?

2.

Não quero imaginar um galpão amplo, gélido, sombrio, o silêncio asseverado pela mudez de um menino franzino. Não quero imaginar a mão robusta que o agarra pelas panturrilhas, os tapas ríspidos que o atingem até que ressoe seu choro aflito. Não quero imaginar a estridência desse choro, o desespero do menino em seu primeiro sopro, o anseio pelo colo de quem o receba: um colo que não lhe será servido. Não quero imaginar os braços estendidos de uma mãe em agonia, mais um pranto abafado pelo estrondo de botas contra o piso, botas que partem e o levam consigo: some a criança, resta a amplidão do galpão, resta o vazio. Não quero imaginar um filho como uma mulher em ruína. Prefiro deixar que essas imagens se dissipem no inaudito dos pesadelos, pesadelos que me habitam ou que habitaram uma cama vizinha à minha.

Não saberia descrever o que é um parto feliz. Um quarto branco, lençóis brancos, brancas as luvas que recebem o menino, brancas, plásticas, impessoais, científicas. Nenhuma felicidade, decerto, na total assepsia. Um obstetra que o acolhe em suas mãos neutras e o examina: a criança está inteira, a criança respira, é rósea sua pele, é boa a flexão dos membros, normal a frequência cardíaca. Que a mãe não o veja, ou melhor, que não o veja a mulher que o pariu. Nenhuma utilidade na eventual confusão de sentimentos, sobretudo em momento tão suscetível, a dor do parto a esmorecer, um peso que se alivia, talvez um ligeiro vazio, nenhum ganho em tal incerteza. Um colo provisório não lhe será de nenhum proveito; melhor é que encontre tão cedo quanto possível os pais verdadeiros, braços abertos e prontos para recebê-lo, ávidos e convictos para uma plena acolhida.

Se posso ser sincero comigo, prefiro não me deixar absorver pelas imagens desse nascimento. Contar de uma criança que nasce é contar de uma súbita existência, de um ser que se cria, e a ninguém importa esse momento mais do que a esse ser, a ninguém concerne esse momento mais do que à criança que surge à vida. Para conceder a esse nascimento o devido tom de alegria, o tom que eu gostaria que ele merecesse, que meu irmão merecesse como toda vida merece, eu teria que apelar aos sorrisos dos que logo se viram diante dele, dos que enfim se prestaram a chamá-lo de filho. Devem ter sido amplos esses sorrisos, digno desfalecer dos nervos que caracteriza todo ansiado alívio. Mas uma criança não nasce para aliviar, nasce e assim que nasce exige seu próprio alívio. Uma criança não chora para abrir nos outros a possibilidade de um sorriso; chora para que a tomem nos braços, e a protejam, e calem com carícias o desabrigo implacável que desde tão cedo a atormenta. Se não quero imaginar um menino como a ruína de uma mulher, também não posso imaginá-lo como a salvação de outra família, da família que seria a minha, salvação descabida que jamais deveriam lhe pedir.

3.

Ele é adotado, foi o que eu disse alguma vez a uma prima que teimava em ressaltar como éramos diferentes, ele e eu, seus cabelos mais escuros e encaracolados, seus olhos tão mais claros. Na minha declaração não havia maldade ou despeito, acho, eu devia ter uns cinco anos de idade — mas, se agora me sinto impelido a me defender, talvez de fato estivesse acometido por alguma crueldade inocente, que até hoje trato de velar. Estávamos num carro dirigido pelo meu pai, e minha mãe só podia estar ausente, porque meu irmão ocupava o banco da frente, não sei se acompanhando a conversa ou perdido em pensamentos insondáveis. Fez-se um silêncio imediato. Posso ter levado um cutucão discreto da minha irmã, que imagino sentada ao meu lado, ou a pontada foi apenas o incômodo que senti ao perceber que havia errado, incômodo que tantas vezes senti sem que ninguém me acotovelasse. Tão contundente foi aquele silêncio que dele me lembro até hoje, entre tantos silêncios pouco memoráveis.

Não estarei tentando me absolver do equívoco ao dizer que naquela época as orientações que recebíamos eram ambíguas e vagas. Desde sempre meu irmão soubera que havia sido adotado, era o que meus pais diziam, e esse desde sempre me deixava intrigado, ou me intriga agora: como dizer algo dessa ordem a uma criança que mal domina as palavras mais simples, com que distância ou frialdade ditar mamãe, papai, nenê, adoção? Como transmitir a importância daquele fato, com a seriedade que o assunto exige, sem lhe atribuir um peso desnecessário, sem transformá-lo num fardo que o menino jamais poderia carregar? Era Winnicott quem ditava os passos — seguimos muito do que indicava a teoria winnicottiana, eu ouviria anos mais tarde, sem compreender o termo ao certo mas notando o tom de lamento, a voz desolada. Que ele soubesse, que nós soubéssemos, que soubessem todos os habitantes da casa, era algo que se sabia fundamental. E, no entanto, de alguma maneira se instaurou a reversão desse processo, em algum momento o que era palavra se tornou indizível, calou-se a verdade como se assim ela se desfizesse. Não creio impreciso dizer que foi meu irmão quem impôs a todos o silêncio que lhe era mais confortável, e nós simplesmente aceitamos, tão gentis, tão covardes.

Na minha lembrança os olhos do meu irmão estavam lacrimosos, mas desconfio que essa seja uma nuance inventada, acrescida nas primeiras vezes que rememorei o episódio, turvado já por algum remorso. Ele estava sentado no banco da frente. Se chorava, decerto continha qualquer soluço e escondia as lágrimas com as mãos; ou voltava o rosto para a janela, extraviava a vista em presumíveis pedestres. O caso é que não me olharia, não viraria para trás. Talvez fossem os meus, os olhos lacrimosos.

4.

Que força tem o silêncio quando se estende muito além do incômodo imediato, muito além da mágoa. Há anos observo em meu irmão, impressionado, sua capacidade de afastar prontamente os pensamentos que lhe desagradam, de interromper conversas sem brusquidão, de mudar de assunto sem se dar conta, de deslizar entre uma ideia e outra de forma quase instantânea, sem sobressalto. Vejo seu rosto se crispar por um segundo ante algum vago infortúnio, alguma frase infeliz que ninguém chegou a proferir, uma ínfima sugestão ou aproximação ao que o perturba, para logo retornar às suas feições comuns, à sua indiferença, sua neutralidade anestesiada. Não são poucos os indícios de que ele soube de fato esquecer, embora esquecer não seja a palavra exata — recalcar é a palavra que meus pais indicarão aqui, posso prever. Não são poucas as evidências de que ele passa longos períodos sem admitir sequer para si, sem aceitar ou reconhecer — dias ou meses, talvez anos, trancado em seu quarto sem que nada disso se apposse dele, sem que retorne à sua mente tudo o que eu não quero e não posso dizer, tudo o que eu preciso dizer. E ele não precisa dizer para si? Que força tem o silêncio quando se estende muito além, eu me pergunto, muito além do incômodo imediato, e da mágoa, mas também muito além da culpa, e assim chego enfim a me responder. Também eu fui capaz, durante muito tempo, de esquecer. Estamos no carro mais uma vez, agora a viagem é longa e o cansaço nos toma quase tanto quanto o tédio, o calor, o exaspero, e aqui de novo parece que tento justificar minha insensibilidade, minha insensatez. Por alguma razão estou irritado com minha irmã, não quero mais estar ao lado dela, partilhar a viagem e o espaço com ela, mas sou obrigado a isso e diante disso me desespero: não sou seu irmão. Anuncio que não sou irmão dela e ela se indigna, você não pode, você é meu irmão, não tem jeito, você é meu irmão e vai ser meu irmão para sempre. Eu insisto, eu não quero, você não é minha irmã e pronto, está decidido, eu já decidi. Ela apela ao meu pai, que lhe dá a devida razão disfarçando o riso, minha mãe concorda e também ri, vendo graça no absurdo de tudo, no alcance da minha teimosia. Nenhum veredito há de valer nada nesse momento: Não adianta, que se danem todos, não sou irmão dela e acabou.

A anedota tornou-se um clássico na família, repetida em jantares mesmo quando todos os presentes já a ouviram, como exemplo geral do despautério infantil ou como prova da minha obstinação excessiva. É relatada sempre no tom risonho que os dois da frente, meus pais, lhe atribuíram. Dois dos que estávamos atrás também assumimos esse tom, também nos lembramos do episódio como algo cômico, passando inclusive a concebê-lo como rito de consolidação da cumplicidade que soubemos construir.

Mas éramos cinco no carro. Meu irmão não se pronunciara a respeito, e ainda hoje não se pronuncia, preferindo calar em seu canto da mesa, deglutir o resto de sua comida, se retirar cada vez mais cedo. Eu estava sentado no meio, entre ela e ele, e devo ter lhe dado as costas enquanto discutia, empenhado em defender minha posição impossível. Não sei como terá soado aos ouvidos dele esse meu empenho, se lhe agradou ouvir o pouco valor que eu dava aos laços sanguíneos, se foi doloroso saber da precariedade que eu conferia aos vínculos fraternos. Eu não questionava se ele era meu irmão, a nossa relação eu não queria suspender. Mas me pergunto se ele não terá, ainda assim, por um segundo, franzido a testa, baixado os olhos, crispado o rosto de menino.

5.

Caminho pelas ruas de Buenos Aires, observo o rosto das pessoas. Escrevi um livro inteiro a partir da experiência de caminhar pelas ruas de Buenos Aires e observar o rosto das pessoas. Queria que me servissem de espelho, que em cada esquina me replicassem, que eu me descobrisse argentino pela simples aptidão de me camuflar, e que assim pudesse enfim passear entre iguais. Nunca pensei como seria, para meu irmão, caminhar pelas ruas de Buenos Aires. Que incerta aflição correrá por sua espinha a cada traço reconhecível, a cada gesto habitual, a cada olhar mais fixo, a cada figura que lhe pareça familiar. Que imenso receio — ou que cruel expectativa — de que algum dia um rosto se lhe revele espelho, que à sua frente de fato apareça um igual, e que esse igual se replique em tantos mais.

Súbito compreendo, ou creio compreender, por que meu irmão deixou de frequentar essa cidade que nunca soubemos abandonar. De Buenos Aires meus pais foram expulsos quando ele não somava nem seis meses de idade, de Buenos Aires nos sentíamos todos alijados enquanto não lhes permitiam retornar

— mesmo que alguns de nós, minha irmã e eu, nem sequer houvéssemos pousado os pés mínimos em suas calçadas. Pode um exílio ser herdado? Seríamos nós, os pequenos, tão expatriados quanto nossos pais? Devíamos nos considerar argentinos privados do nosso país, da nossa pátria? Estará também a perseguição política submetida às normas da hereditariedade? Ao meu irmão essas questões não se colocavam: ele independia dos pais para ser argentino, para ser exilado, para ter sido privado de sua terra natal. Talvez fosse algo que invejássemos, essa autonomia de sua identidade, que ele não precisasse batalhar tanto por sua argentinidade. Ele nascera lá, ele era mais argentino do que nós, seria sempre mais argentino do que nós, por menos que isso significasse. Por isso nos surpreendeu, anos mais tarde, que ele deixasse de nos acompanhar nas visitas insistentes que fazíamos à cidade, nas longas temporadas em que tratávamos de recobrar aquele algo que nos fora, indiretamente, talvez, roubado.

Caminho pelas ruas de Buenos Aires e vou parar na praça do Congresso, em frente à sede das Mães da Praça de Maio. Hesito um instante na porta, não me decido a entrar. Já estive ali outras vezes por mero turismo ou curiosidade, já percorri cada estante da livraria, já tomei um café em sua galeria, já me deixei impregnar por seus testemunhos, suas histórias, suas palavras de ordem. Agora descubro que não quero entrar, que estou parado na porta e não queria estar parado na porta. Que estou parado na porta porque queria que meu irmão estivesse em meu lugar.

6.

O que fazíamos nas incontáveis noites em que dividimos o quarto? Quem dormia primeiro, relegando o outro ao silêncio e à escuridão inabitável, ao medo das sombras, ao susto dos estalos? Que devaneios erráticos acometiam aquele que restava, que fantasmas infantis o assombravam, enquanto o irmão ressonava tranquilo, indiferente, sem piedade? Quem perguntava ao outro se já dormia, apenas para preencher com a concretude da voz trêmula aquele espaço imperscrutável que os separava?

São falaciosas essas perguntas, líricas demais para guardar uma verdade. Se escolho contar esta história pelos terrores noturnos, me posto no centro da aflição, me faço protagonista, atribuo ao meu irmão uma impiedade injusta. Era eu que resistia a dormir de luz apagada, eu que me levantava assustado no meio da noite, cruzava o corredor sombrio, me recolhia à cama dos meus pais. Por vezes, alta madrugada, também acolhíamos minha irmã na ampla cama de casal, e ali continuávamos dormindo, reunidos, apertados, quatro quintos da família confinados em tão poucos metros quadrados. Meu irmão permanecia à parte, entre seus próprios lençóis, e devia ser então mais profunda, se não a quietude que ele não temia, ao menos a solidão que o embalava. Essa história poderia ser muito diferente se dela eu me lembrasse. Por oito anos convivi com meu irmão no mesmo quarto, nos mesmos quartos sucessivos, e não consigo recordar como conversávamos, se nos divertíamos, se travávamos algum jogo comum ou alguma disputa que relevasse a diferença de idade, se ele me ensinava suas malícias de criança sem que eu as lamentasse. Talvez não, talvez mantivéssemos distância, talvez intimidássemos um ao outro e nos entediássemos com o mesmo vazio que hoje, às vezes, nos toma.

Lembro da geografia dos quartos, da posição da cama, da outra cama, do armário, a escrivaninha junto à janela que nos liberava para a imensidão da cidade, fosse ela São Paulo ou Buenos Aires. Lembro dos pôsteres vivazes que ele colava nas paredes, quiçá com alguma intenção de que eu partilhasse seus entusiasmos. Lembro de alguns brinquedos meus, pedaços inanes de plástico que me fascinavam, bonecos que eu envolvia em tramas complexas por toda a manhã, por toda a tarde, incansável enquanto ele não voltava. Era fértil a imaginação daquela época, fecunda ficção que hoje me abandona. Não consigo lembrar como era passar um minuto, dez minutos, uma hora ao seu lado, e também não consigo inventá-lo. Como se passaram oito anos naquele estado é uma questão que não sei responder, é mais uma noção do real que aqui se evade.

Sei que ele me protegia, e não porque minha mãe insista em alardeá-lo, em ressaltar quanto ele me adorava, veladamente implorando que eu me atreva ainda uma vez a bater à sua porta. Sei que ele me protegia porque um gesto costumeiro seu não me foge à memória: sua mão pousada sobre a minha nuca, o indicador e o polegar apertando o meu pescoço, alternados, sem força, apenas indicando a direção do próximo passo. Era assim que ele me conduzia quando caminhávamos lado a lado, em meio a qualquer multidão que porventura nos cercasse.

7.

Isto não é uma história. Isto é história.

Isto é história e, no entanto, quase tudo o que tenho ao meu dispor é a memória, noções fugazes de dias tão remotos, impressões anteriores à consciência e à linguagem, resquícios indigentes que eu insisto em malversar em palavras. Não se trata aqui de uma preocupação abstrata, embora de abstrações eu tanto me valha: procurei meu irmão no pouco que escrevi até o momento e não o encontrei em parte alguma. Alguma ideia talvez lhe seja justa, alguma descrição porventura o evoque, dissipei em parágrafos sinuosos uns poucos dados ditos verídicos, mais nada. Não se depreenda desta observação desnecessária, ao menos por enquanto, a minha ingenuidade: sei bem que nenhum livro jamais poderá contemplar ser humano nenhum, jamais constituirá em papel e tinta sua existência feita de sangue e de carne. Mas o que digo aqui é algo mais grave, não é um formalismo literário: falei do temor de perder meu irmão e sinto que o perco a cada frase.

Por um instante me confundo, esqueço que também as coisas precedem as palavras, que tratar de acessá-las implicará sempre novas falácias, e, como antes pelo texto, parto por este apartamento à procura de rastros do meu irmão, atrás de algo que me restitua sua realidade. Não estou em sua casa, a casa dos meus pais onde o imagino fechado no quarto, não posso bater à sua porta. Milhares de quilômetros nos separam, um país inteiro nos separa, mas tenho a meu favor o estranho hábito de nossa mãe de ir deixando, pelas casas da família, objetos que nos mantenham em contato. Neste apartamento de Buenos Aires ninguém mora. Desde a morte dos meus avós ele é só uma estância de passagem, encruzilhada de familiares distantes, distraídos, apressados, esquecidos da existência dos outros. Encontro um álbum de fotos cruzado na estante, largado no ângulo exato que o faça casual. Tenho que virar algumas páginas para que enfim me assalte o rosto do meu irmão, para que enfim me surpreenda o que eu já esperava.

A foto não diz o que eu quero que diga, a foto não diz nada. A foto é apenas seu rosto brando no centro de uma varanda sombreada, os olhos que me contemplam através das lentes do fotógrafo, aqueles olhos tão claros, os cabelos mais lisos do que eu teria imaginado — sua beleza de criança que talvez eu invejasse. Sua cabeça pende para o lado como se ele indagasse algo, mas sei que essa indagação não me cabe fabricar. Seus lábios entreabertos também emudecem, mas é neles que preciso cravar o olhar para ter certeza da injustiça que lhe faço, da injustiça que faço ao meu irmão neste empenho tão indelicado. Não posso fazer desse menino, do menino e do homem que ele é hoje, um personagem frágil. Não posso lhe atribuir uma dor qualquer, insensata, que o reduza a uma sensibilidade excessiva passível de piedade, que o submeta à comoção fácil. E não posso, sobretudo, fazer do meu irmão um sujeito mudo, desprovido de recursos para se defender, para se confessar — ou para calar quando a situação assim o convoque.

Por que não consigo lhe passar a palavra, lhe imputar nesta ficção qualquer mínima frase? Estarei com este livro tratando de lhe roubar a vida, de lhe roubar a imagem, e de lhe roubar também, furtos menores, o silêncio e a voz?

Não consigo decidir se isto é uma história.

8.

Entre três crianças, basta estar entre três crianças e já se cria um universo múltiplo de cumplicidades, exclusões e alianças. Uma brincadeira não sei se recupero intacta de algum recôndito da memória ou se invento agora, distribuindo papéis como quem a comandasse, redimindo em palavras a inação que me era própria. Vejo ou invento meu irmão a nos convocar calado, um dedo em riste cruzando os lábios: quer que apanhemos discretamente todas as almofadas, os travesseiros, os colchões que pudermos carregar, e quer que empilhemos tudo no corredor, cindindo o apartamento em duas metades. Quer que construamos juntos uma grande barricada, sem saber ainda, sem suspeitar, que a grande barricada também nos cindirá.

Eram bons os momentos que passávamos lançando-nos contra aquela barreira flácida, tentando saltá-la em lances acrobáticos, comprometidos apenas com a impulsividade, com a inconsequência dos corpos. Estávamos entre irmãos, e entre irmãos era mais fácil apreciar a irresponsabilidade, fantasiar uma improvável acusação dos adultos, uma censura aos supostos riscos que enfrentávamos. Nos saltos do meu irmão esses riscos se faziam espetaculares, e não raro minha irmã e eu nos afastávamos para assistir, admirados com sua destreza, espantados com sua coragem. Alguém dirá que essa era sua forma de dissipar a agressividade, que se atirando no vazio ele dominava a angústia e o desamparo — a angústia que se refletia em nossos olhos e que nós também dissipávamos simplesmente a observá-lo. Mas nada disso parecia turvar a alegria daqueles atos, nada disso esvaecia em seu rosto o sorriso que lhe era tão pouco habitual. Era em seguida que o sorriso esvaecia, quando a brincadeira ameaçava terminar. Estávamos entre irmãos, e entre irmãos toda coalizão é temporária, toda paz é fugidia, todo afago inaugura o próximo ataque, inevitável, que a palavra mais amena anuncia. Com um único comando eu me via ao lado do meu irmão, de um dos lados da barricada, almofadas subitamente erguidas, e tinha início então a batalha. Minha irmã era agora o inimigo a ser sufocado, minha irmã que logo desistia de qualquer contragolpe, curvando-se sob a densa saraivada, deitando-se de bruços e escudando a nuca com os antebraços. O corpo encolhido da minha irmã como uma silhueta desenhada no assoalho — vejo ou invento essa imagem? Somo meus golpes tão fracos aos do meu irmão ou consigo nesse instante contrariá-lo, romper nosso pacto, ser irmão do meu irmão e acusar a covardia que ali se perpetrava?

Essa noite esperamos em silêncio a volta da nossa irmã, esperamos na mesa da cozinha, junto à porta, queríamos estar ali quando ela chegasse. Quando chegou, ainda estava inconsolável, soluçava ainda, era severo o semblante do meu pai. O dente da frente que se partira jamais seria perfeitamente recuperado, tinha dito a própria dentista: era agora de resina até a metade, e a cor do dente e a cor da resina jamais seriam iguais. Não sei como reagimos, meu irmão e eu, se alguma angústia nossos olhos souberam expressar, uma compaixão qualquer, uma cortês piedade. Acho que eu quis dormir no quarto dela, só por essa noite, mas tive vergonha de falar.

9.

Sento-me à mesa de jantar, embora esteja só. Sentando-me à mesa, sem fome, sem jantar, sinto que me faço acompanhar por muitos silêncios, sinto que cada ausência reivindica seu lugar. São nove horas da noite em Buenos Aires, nove horas da noite em São Paulo: em outra sala meus pais devem estar sentados à mesa, alguma sobra nos pratos que eles cuidaram de afastar, nenhum assunto novo a discutir, nenhum anseio novo a confessar, cada um desenhando círculos em sua xícara de chá. Minhas mãos descansam sobre a superfície desolada: reparo que também eu desenho formas com a ponta de um dedo, seguindo um vinco da madeira, mas o vinco não fecha um círculo e meu movimento é pendular. A esta hora meu irmão já deve ter voltado para o quarto, é só o que posso imaginar. Tragou como pôde algo do que lhe serviram, concedeu seus monossílabos habituais, ergueu-se e partiu sem fazer ruído, privando-se de responder o que eles se privaram de perguntar.

Não sei em que lugar estaria sentado, não sei onde sentam quando não estou lá. Meu pai sempre esteve à cabeceira, minha mãe à sua direita, mas à frente dela, à esquerda dele, no lugar em que o costume arcaico situaria um primogênito, nenhum de nós chegou a se firmar. Por anos meu irmão pareceu aceitar que esse fosse seu posto natural, ajustado a uma hierarquia insuspeita que ninguém precisaria expor. Minha irmã e eu nos dividíamos entre as outras cadeiras, apelando a alguma lógica particular — algum acréscimo à distinção de gênero já praticada pelos demais, é o que posso supor, ela alinhada à minha mãe, eu alinhado ao meu irmão. Foi só mais tarde que ele começou a se demorar no quarto, a ignorar os chamados insistentes que nós nos revezávamos em bradar, apelos cada vez mais veementes que acabavam por ferir seu humor. Nem sequer podíamos ouvir sua voz quando ele enfim se rendia ao jantar, seus olhos eram então uma triste cortina de pálpebras, mas tão largo era seu recolhimento, tão ressonante seu silêncio, que parecia ocupar o espaço inteiro e nos coagir também a calar. Acho que foi para evitar essa pequena batalha diária que passamos a ocupar sua cadeira, minha irmã ou eu, quem se incomodasse antes com o vazio que se abria entre nós, quem se atrevesse antes a romper a tradição. Nos anos que se seguiram, primogênito não era quem tivesse chegado primeiro ao mundo, mas quem primeiro chegasse à mesa e ali ousasse se estabelecer.

Ele partia antes da sobremesa, acho que sempre partiu antes da sobremesa, e aqui não me refiro às parcas frutas costumeiras de que nunca nos cansávamos, qualquer fruta argentina que se encontrasse em São Paulo, ou às porções medidas de chocolate que iam crescendo em proporção direta aos nossos corpos. Refiro-me à sobremesa tal como se concebe em língua espanhola, o tempo que se passa à mesa depois de saciada a fome, tempo de reaver em palavras um passado que não se quer distante, ocasião para esquadrinhar a vida em suas muitas minúcias anódinas. Por que tanto apego ao passado, para que depurar

30

velhos dias naqueles relatos sem sul e sem norte, era uma pergunta que nenhum de nós fazia, uma entre muitas indagações que nos faltavam. Esta noite creio entender por que meus pais jamais encontrariam resposta. Se me sento à mesa às nove horas, sem jantar, sem fome, se esta noite minha solidão ganha a forma dessas quatro cadeiras vagas, é porque queria poder ouvir, ainda uma vez, essas histórias.

10.

Supunha-se que a história tivesse início na Alemanha, mas se a família era judia, e mesmo que não fosse, se a família existia desde tempos inconcebíveis tal como existe qualquer família, todas elas derivações do mesmo ancestral absoluto e longínquo, é evidente que esse início era definido arbitrariamente e que podia se dar em qualquer época, em qualquer lugar antigo habitado por seres humanos. Supunha-se que a história tivesse início na Alemanha porque dali provinha o nosso nome, e também porque ali, numa genealogia ainda mítica, um dos nossos patriarcas teria sido criador da botânica — merecendo uma flor e uma cor que o referem, uma flor e uma cor que também herdamos. Mas esses eram detalhes acessórios, bastante irrelevantes. A verdadeira história dessa metade da família começava bem mais tarde, entre os que rumaram para a Romênia, comprando terras na Transilvânia e adaptando a grafia ao novo idioma. Em algum vilarejo não registrado, então, nasceu o avô que não conheci, um lendário Abraham, não muito longe de onde nasceria minha avó, uma tal Ileana, cujo nome me parecia esquisito ainda que meu pai o pronunciasse com um carinho imensurável. Ambos judeus, ambos inquietos no princípio de um século que se anunciava macabro, ambos assustados com o antissemitismo crescente que ameaçava seus próximos, em algum momento dos anos 1920 migraram juntos para Buenos Aires. Ali, em 1940, quando as notícias da guerra irrompida se faziam cada vez mais pesadas, e quando já escasseavam as cartas dos muitos parentes deportados para os campos, ali, em 1940, conceberam meu pai.

Para a outra metade da família o enredo é mais inexato, talvez pelo estilo narrativo da minha mãe, difuso e sumário, a evocação de relatos gastos que alguma vez a entediaram, talvez pela ausência de um clímax e de uma tensão central. Remontavam-se as origens a uma região incerta da Itália, mas só mais tarde notei que o nome não confirmava, insinuando em vez disso a procedência espanhola. Da Espanha, creio, partiram para o Peru com benefícios aristocráticos, para compor em Lima a elite católica que algum governante caduco julgava necessária. Sucederam-se então gerações de relativa riqueza material e anedótica, destacando-se o caso de uma trisavó ou tetravó que definhara de fome por amor a um homem, num episódio que minha mãe reputava romântico. Devia ser minha avó Leonor, de quem me lembro apenas pela aura de solenidade quando já passava os dias numa cadeira de rodas, quem lhe resumia essas biografias. Há de ter resumido também, em trama enfadonha, como conheceu Miguel, o empresário argentino que a arrebatou na metrópole e a levou consigo a uma fazenda nos pampas. Minha mãe passou a infância nessa fazenda, na companhia quase exclusiva dos irmãos, constantemente acometida, como ela repetia, pelo sonho de que algum dia caísse um avião e a salvasse, e a levasse enfim a algum lugar interessante. Salvou-se sozinha mudando-se para Buenos Aires, perdendo-se na turba de cada esquina, nos corredores densamente habitados da faculdade.

33

Mas não sei por que recupero essas trajetórias, por que me disperso em detalhes prescindíveis, tão distantes de nossas vidas como quaisquer outros romances. Acho que sempre estranhei, ao ouvir essas histórias sinuosas, ao saber desses percursos remotos, desse deslocamento incessante, dessas muitas moradas provisórias, acho que sempre estranhei o apego dos meus pais pela cidade que consideravam própria. Se muitos antes deles pareciam migrantes inveterados, se muitos haviam feito de suas casas meros contornos na paisagem afastada, arriscando esquecer os velhos rostos queridos, os esconderijos de infância, por que eles haviam resistido tanto a deixar o país que os amedrontava, e por que seria diferente a dor que sentiam agora? Sei que se tratava de um exílio, de uma fuga, de um ato imposto pela força, mas não será toda migração forçada por algum desconforto, uma fuga em alguma medida, uma inadaptação irredimível à terra que se habitava? Ou estarei, com estas ponderações insensatas, com estas indagações inoportunas, desvalorizando suas lutas, depreciando suas trajetórias, difamando a instituição do exílio que durante anos nos exigiu a maior gravidade?

11.

Vejo o jovem casal numa imagem esmaecida, uma foto em preto e branco que o tempo exagerou em desbotar. Algo em sua aparência os aliena, contribuindo à sensação de anacronismo — talvez o volume dos cabelos, as pregas marcadas de uma camisa, o banco de pedra maciça onde se sentam, algo além disso que não reconheço e que de algum modo os eterniza. Porque são meus pais, e porque não estão sós, porque meu pai porta no colo uma menina, sei que é um registro do início dos anos 1980, e, no entanto, me parece bastante mais longínquo. São seres históricos, esses que vejo. Sua aparição pontual na fotografia é uma culminação de caminhos pretéritos, uma entre muitas culminações dessas vidas complexas que se entrelaçam e se permeiam com um passado coletivo, com a marcha de uma época, com as tortuosas fissuras de um tempo. Não sei quanto os conheço. Não decifro seus sorrisos alegres. Não entendo bem o intrincado arranjo de atos e acasos que acabou por uni-los, mas sei que devo a essa união minha existência e as palavras indolentes que aqui escrevo.

Um filho nunca será o mais indicado para estimar a relação entre os pais, para compreender o que atraiu um ao outro, para destrinchar seus sentimentos. Nem sequer pode se perguntar que curiosa confluência aliou uma jovem católica, conservadora em sua origem, a um judeu de bairro boêmio que aderira ao marxismo, porque assim os reduz a identidades estanques, a tipos rígidos. Algum drama, sem dúvida, estaria garantido, mas bastaria dizer que eram ambos formados em medicina, que ambos cursavam a mesma residência em psiquiatria, que em breve seriam ambos psicanalistas, para que qualquer enigma fácil se dissolvesse. Outra ficção, então, se cria: não eram seres opostos, mas dois iguais unidos por sua crítica à brutalidade de tratamentos psiquiátricos arcaicos, perpetuados em hospitais do mundo inteiro, e sua militância por uma terapia mais humana, mais compreensiva, mais abrangente, menos nociva. Entre uma mentira e outra se desloca o drama desta narrativa: não mais os mesquinhos dogmas de uma família entre outras famílias, mas os ideais de dois jovens argentinos no tenso vértice de sua atuação política.

Se eram iguais aqueles dois jovens, algumas desigualdades banais que insistem em se replicar nas relações corriqueiras não os deixariam perceber. Conheço poucas histórias da aproximação entre eles, do período que alguém chamaria de cortejo, mas todas elas parecem relacionadas a uma ideia de proteção, à noção convencional de que seria função dele protegê-la, fornecer a segurança que a ela, sozinha, o mundo se recusaria a prover. Uma freada mais brusca quando estavam a caminho do restaurante, o braço dele estendido para contê-la, a mão espalmada no tórax, precisamente, um ato de puro reflexo e um gesto heroico que ela soube agradecer — as mãos se entrelaçando para celebrar o feliz desfecho. Depois do jantar, o convite para que ele subisse ao quarto dela, não porque ela quisesse, porque tivesse vontades que as velhas cartilhas da catequese não aprovariam, mas porque tinha medo, porque queria que alguém conferisse antes dela se não havia nada embaixo da cama, nenhum dos seres sinistros que naquela época povoavam seus pesadelos.

À casa dele não iam tanto, porque ele também tinha medo. Temia o tranco de ombros contra a porta, temia que braços bruscos se pusessem a revolver suas coisas, temia ver-se de bruços com as mãos constritas por algemas, essas as imagens sombrias que perturbavam seu sono e lhe renderiam a insônia crônica que tantas vezes flagrei, meu pai como um vulto inquieto rondando a geladeira. Temia também que ela quisesse olhar embaixo da cama e ali encontrasse as armas que ele aceitara esconder.

Não vejo nenhum desses medos na foto, a foto é de outra época. Os sorrisos que eles sustentam talvez sejam a dissolução do medo, sua distensão derradeira, a trégua ao menos parcial que eles enfim obtiveram em alguma praça brasileira. Minha irmã não sorri, mas é apenas um bebê — sorrir seria em seu caso mero reflexo, um espasmo qualquer que a ninguém ocorreria entender. Surpreende apenas o rosto do meu irmão. Seus lábios se expandem lateralmente produzindo tensão nas bochechas, como se alguém o incitasse a sorrir sem que ele o desejasse. Seus olhos não são claros nessa foto em preto e branco, seus olhos se espremem e quase não se veem, mas tenho quase certeza de que há alguma aflição nas sobrancelhas que descaem com peso.

12.

Armas embaixo da cama do meu pai, penso nessas armas, deixo que existam em minha consciência. De um repertório extenso de cenas falsas deduzo uma imagem de sua presença: uns poucos revólveres trancados numa caixa de madeira, um lençol cobrindo a caixa com medido desleixo, tudo sob a luz parca que traspassa uma única janela aberta, cortinas tremulando ao vento. Não entendo o fascínio que exercem quando assim as imagino, na casa do meu pai, sob sua cama de solteiro. Toda a vida fui infenso a esses objetos, incômoda confluência entre a ameaça efetiva e o símbolo funesto, toda a vida me quis um pacifista. Agora penso nessas armas e não entendo a euforia que sinto, a vaidade que me acomete, como se a biografia do meu pai em mim se investisse: sou o filho orgulhoso de um guerrilheiro de esquerda e isso em parte me justifica, isso redime minha própria inércia, isso me insere precariamente numa linhagem de inconformistas.

Tenho a idade que meu pai tinha naquela época — o bastante para saber que as armas dele não são as minhas, que não me cabe querer empunhá-las e fazer dele um irmão em armas, que só me resta sondar conceitos, tentar compreendê-las. Se ainda não compreendi, talvez seja porque elas nunca foram uma informação assertiva, um dado inconteste, nunca existiram sem sua negação eloquente. Não, nós nunca tivemos armas embaixo da cama, minha mãe o contradiz a cada vez com similar firmeza, e a cada vez ele aceita, ele se conforma, ele assente. Depois se deixa embalar por um vago monólogo sobre o horizonte utópico daquele tempo, o foquismo pregado por Che, os muitos Vietnãs contra o imperialismo, a Revolução Cubana como auspicioso exemplo, o sandinismo em que alguns amigos também se envolveram. Não, minha mãe então se indigna, quem?, ela quer saber, e segue-se uma longa lista de nomes que alguma vez entreouvi em suas conversas, lista que ela recebe aguardando o eventual deslize: não, ele não, Alberto, ou Carlos, ou Vicente, não estava metido nisso. Como não, se até foi para Cuba? Foi para Cuba porque o cunhado morava em Havana, minha mãe contesta. Foi para Cuba para passar pelo treinamento e lutar na Nicarágua, desta vez meu pai insiste, impaciente, já esquecido do vulto que os observa em silêncio, do vulto que não sabe em quem crer.

Há sempre uma tensão na disputa por esses detalhes, como se cada módico fato não se resumisse a si mesmo, à sua pequenez evidente, subjugando-se a alguma versão maior sobre os acontecimentos. Há também resquícios de tensões de outras décadas, um pudor antigo adiando cada frase que eles se permitem dizer, uma anacrônica noção de sigilo, de inconfessável segredo, como se revelar esses dados e nomear os envolvidos fosse indiscrição a ser repreendida pelo movimento — ou, pior, a ser punida por tenazes algozes de um regime inclemente. Às vezes parece que baixam a voz para mencionar um episódio específico, às vezes gaguejam, largam relatos pelo meio, e tenho a nítida impressão de que ainda temem os nossos ouvidos — de que ainda somos, aos olhos deles, crianças a serem poupadas da brutalidade do mundo, ou mesmo perigosos agentes duplos que acabariam por entregá-los sem querer.

A quem, é o que pergunto, quem se interessaria hoje por tão mesquinhos meandros de um tempo distante, e a resposta que meu pai repete é uma absurda mescla de devaneio e lucidez: as ditaduras podem voltar, você deveria saber. As ditaduras podem voltar, eu sei, e sei que seus arbítrios, suas opressões, seus sofrimentos, existem das mais diversas maneiras, nos mais diversos regimes, mesmo quando uma horda de cidadãos marcha às urnas bienalmente — é o que penso ao ouvi-lo mas me privo de dizer, para poupá-lo da brutalidade do mundo ou por algum receio de que não me entenda.

Quase tudo o que me dizem, retiram; quase tudo o que quero lhes dizer se prende à garganta e me desalenta. Sei e não sei que meu pai pertenceu a um movimento, sei e não sei que fez treinamento em Cuba, sei e não sei que jamais desferiu um tiro com alvo certo, que se limitou a atender os feridos nas batalhas de rua, a procurar novos quadros, a pregar o marxismo nas favelas. Ele sabe e não sabe que escrevo este livro, que este livro é sobre meu irmão mas também sobre eles. Quando sabe, diz que vai mandar o documento da Operação Condor em que consta seu nome. Eu lhe peço que mande, mas não conto que quero inseri-lo no livro, que pretendo absurdamente atestar minha invenção com um documento. Envergonhado, talvez, com a própria vaidade, ele nunca me manda o arquivo; eu nunca volto a pedir, envergonhado também.

13.

Meu pai nunca me quis, nunca quis ter nenhum de seus filhos. Digo isso e antecipo que algum leitor se sensibiliza, que outro crê entender algo sobre mim ou sobre estas pretensas confissões, que um terceiro que nos conhece ri do desatino. Que meu pai nunca houvesse querido ter filhos foi algo que aprendemos sem susto, já adultos, sem dramatismo, entre risos de escárnio por ele ter perdido a batalha contra o destino. Em nada me surpreende essa sua resistência: se eu mesmo, tão compelido pelos que me cercam, por nosso apego implacável à propagação infinita, se eu mesmo ainda resisto a portar nos braços uma criança que digam minha, só posso então julgar razoável essa negação do meu pai à condição de pai, convenientemente fracassada e desvalida. Mas é por contraste, e não por semelhança, a compreensão que lhe dedico. Como pode querer engendrar uma vida aquele cujo tempo o terror interdita, aquele que desconfia da mera iminência de um dia novo, de qualquer porvir, aquele que a cada noite sente, prenunciada nos calafrios, a fragilidade própria do corpo, a fugacidade provável da vida?

Sempre me surpreendeu, em vez disso, a convicção impreterível da minha mãe, sua obstinação em constituir uma família, concepção por concepção, filho por filho. Esse périplo, essa abnegação, nunca conseguimos brindar com nenhum riso. Faltam os detalhes para descrever os muitos impedimentos que eles enfrentaram, as frustrações corriqueiras cada vez mais intensas, a busca incessante por algum novo método, por algum insondável motivo, por qualquer módica resposta a seus intentos — faltam os detalhes porque ela sempre os omitiu. Seu drama foi o drama de tantas mulheres e de tantos homens, acrescido das turbulências que lhe infligia o país: como tantas vidas que se encontravam em suspenso, suspendia-se a que ela projetava em seu ventre côncavo, e assim também a sua parecia se extinguir, por meses, por anos, prenhe de impotência. Não, não foi assim, talvez ela me contrarie. Talvez o desejo de ter um filho fosse naquele instante o que lhe restava de vida, fosse outra forma de luta, de recusa à aniquilação proposta pelo regime. Ter um filho há de ser, sempre, um ato de resistência. Talvez a afirmação da continuidade da vida fosse apenas mais um imperativo ético a ser seguido, mais um modo de se opor à brutalidade do mundo.

Mas tampouco essa oposição era bem-sucedida, e com a dor aguda da derrota, das múltiplas derrotas, com a matéria de tantas dores, pouco a pouco se engendrou um luto. O filho imaginado naquelas noites maldormidas, o filho sobre o qual conversavam para esquecer os medos e as angústias de rotina, o filho que ela tocava em seu ventre diante do espelho, esse filho idealizado não viria, esse filho ninguém conceberia. Não sei quanto tempo levaram para se dar por vencidos, nossa mãe e nosso pai, cada um à sua maneira. Sei que decidiram juntos tentar uma adoção — ou juntos definiram que, se ela adotasse, ele também adotaria. Foi na mesma manhã de 1976 que ela engravidou de duas promessas: o primeiro médico garantiu que, se seguissem com afinco o tratamento, em seis meses daria certo; o segundo se propôs a encontrar com brevidade algum recém-nascido que lhes fosse entregue. A essa altura já lhes era indiferente, qualquer um deles seria o fim de suas penas, qualquer um deles seria bem-vindo, seria a consumada alegria. Qualquer um deles, o que viesse antes, o filho possível.

14.

Quatro pessoas eram necessárias, dizia meu pai, os pratos já despojados da carne, o silêncio instalado sobre a casa, logo um preâmbulo que remetia a história a algum narrador inexato de um tempo remoto, mais alguns comentários prescindíveis adiando qualquer indicação temática, e então finalmente o mote: quatro pessoas eram necessárias para preparar uma salada. Um avarento, um pródigo, um sábio e um louco, tal como os descrevia o ensaísta amador que inventara a parábola. Ao avarento cabia despejar uma quantidade parca de vinagre, ao pródigo esbanjar no azeite, da quantidade acurada de sal ocupava-se o sábio, e o louco ali chegava para misturar tudo com entusiasmo.

Suponho que achássemos graça, minha irmã e eu — éramos crianças, devíamos nos divertir com essas anedotas, depreender lições sobre a existência e sobre o poder evocativo do narrar. Mas me lembro de alguma vez ter ressalvado algo que me perturbava, com um argumento que respeito até hoje, que até hoje me sobrevém quando me distraio, mas que revelava e revela bem a minha ingenuidade. Por que o sábio não podia cuidar de tudo, eu perguntava. Como sábio, ele devia ser capaz de ponderar as diversas quantidades, exagerar quando preciso, conter-se quando indispensável, consumar seu preparo, por fim, com toda a força de seus braços.

Meu pai riu, acho que meu pai riu e que havia em seu riso certa complacência. Acho que nessa ocasião era dele o escárnio, que a contenção em seu riso desdenhava meu excesso de estima pela sabedoria e pela racionalidade. Se não me desmentiu, foi porque pensou que eu logo aprenderia por conta própria, que os dias saberiam dissipar minha onipotência, me constranger a alguma humildade. Cada dia me constrange, é fato, mas vou aprendendo com dificuldade. Essa lição sobre a existência sempre me custou assimilar.

15.

Do constrangimento de alguns velhos dias a lembrança é vívida, quase palpável, talhada de imagens nítidas demais, inequívocas demais, para que delas eu possa desconfiar. Paradoxalmente, parece mais difícil contá-las, se devo sustentar a concretude de alguns fatos pontuais, se apenas sobre seus sentidos me resta especular. Só não me permito dizer que não foi assim — como disse certa vez meu pai numa frase insensata, uma frase desastrada, a dupla negação obstruindo sua tentativa de assertividade. Mas aqui, nego apenas uma vez, não quero falar do meu pai. Aqui quero falar do meu irmão, e do irmão que fui numa noite insensata, uma noite desastrada, e do irmão que desde então eu não soube ser, do irmão que não pude ser mais.

Fazia dois ou três anos que não dividíamos o quarto, que não partilhávamos o silêncio e a solidão, que cada um dispunha com exclusividade de seu silêncio e de sua solidão, batalhando respectivos fantasmas pelas madrugadas. Mas não era porque me sentisse só, ou por temor à escuridão, que eu me exilava a cada noite em seu quarto — já era mais velho, quase um adolescente, não me permitiria tal veleidade. Talvez fosse por hábito, por obediência à inércia das horas, mas gosto de pensar que ali também fruía do prazer de estar ao seu lado, um prazer vago ou vazio, e no entanto inalienável.

Nessa noite a nossas solidões se acrescia outra, um amigo seu nos acompanhava. Entre três garotos o silêncio parecia inadequado, era preciso preenchê-lo com piadas e risos, com gestos jocosos que nos distraíssem e que a cada instante afirmassem quem éramos, o lugar que ocupávamos numa intangível ordem. Num instante, porém, sem que eu entendesse o que me excluía, eu já não era parte, eu já não tinha lugar: eles eram dois jovens e conversavam sobre algo que me escapava; eu só podia sentir quanto minha adolescência era quase. Fosse sábio, teria calado, teria me contido. Não sendo sábio, fiz da bola que tinha nas mãos o verbo que me faltava e a arremessei com força na cabeça do nosso amigo, do amigo do meu irmão. Não era raiva, digo que não era raiva e creio ter razão. Segundos antes ele cobria o rosto com as palmas, devia ser sério ou penoso o que confessava, e eu julguei que aquilo era uma guarda baixa, que seria cômico atingi-lo. Pela reação soube que estava errado, que não podia ter atingido sua cabeça com a bola. Que aquilo não era um gesto jocoso e sim uma violência injustificada, uma violência diferente de outras, que não cabia entre irmãos ou amigos, que não cabia no convívio entre os jovens.

Meu irmão me expulsou do quarto, mas dizer que meu irmão me expulsou do quarto é inexato — não apenas distorcivo, mas quase oposto à realidade. Não pediu que eu saísse ou me lançou ao corredor; segurou-me pelo braço e me conduziu no sentido contrário, quarto adentro, até a porta que se abria para a sacada. Atirou-me, assim, na noite — uma noite fria, é o que dita a memória com seus pendores dramáticos — e me trancou lá fora, atrás da porta de vidro, a porta alta que devia ter o dobro do meu tamanho, o dobro da minha idade, aquela imensa vidraça. De frio e de raiva eu tiritava agora e os adjetivos não me faltavam, minha indignação era expressiva e desesperada, mas não me satisfazia, não mitigava o frio, não aplacava a raiva. Fosse sábio, não sei o que teria feito, não teria chutado a porta. Não tenho a imagem da imensa vidraça se estilhaçando num longo segundo, daquela placa imponente se derretendo num tapete de cacos, tampouco imagino o semblante do meu irmão assustado ou deslumbrado com a cena improvável, mas do ruído não me esqueço, o ruído não me escapa, os infinitos choques agudos do vidro contra o assoalho, a canção estridente a reverberar muito além do verbo, a repercutir muito além do ato.

Corri, devo ter corrido e me fechado em meu quarto. Lembro que agora meus olhos se derretiam em lágrimas e talvez assim eu me livrasse daquela imagem, a imagem do meu irmão do outro lado do vidro se partindo em estilhaços. Não temia a punição que ele anunciara, não achava que minha mãe me mataria. Se tanto eu chorava, um choro de menino que havia muito não me assaltava, e se ali eu me punia com a reclusão voluntária, era certo que ela não reforçaria o castigo, era certo que me perdoaria, me vendo de partida penalizado.

Lembro que ela entrou e sentou na cama, ao meu lado, e que não havia rigidez em seus modos. Talvez tenha dito o óbvio — que eu errara, que causara um estrago considerável, que era sorte ninguém ter se ferido, que ela estava decepcionada —, mas suspeito que lhe faltasse ênfase, que ela não se arrogasse a autoridade necessária, que se alongasse não para me repreender ou me convencer de algo, mas para me fazer companhia e abrandar meu desamparo. Aqui a memória é escassa: parece injusto dizer que me pediu que respeitasse o lugar do meu irmão, sua relação com os amigos, sua privacidade. Parece injusto acusar tal contradição, se tantas vezes, anos mais tarde, ela suplicaria que eu o procurasse, que rompesse sua reclusão e invadisse enfim o espaço em que ele se encerrara. Não, não foi por um pedido dela que eu me encerrei em meu espaço e nele criei um conjunto de hábitos, me acostumando à ausência dele, a sua distância. Não foi por um pedido dela que já não voltei como antes àquele quarto, que já não cruzei o corredor a passos leves, que passei a bater na porta com imperceptível solenidade e a indagar sem palavras, um tanto tímido, se posso entrar.

16.

Sentaram-se à mesa, às nove horas. A fome era grande, a comida era farta, mas se viam impelidos a adiar ao máximo a supressão desse lapso, a evitar ao máximo a saciedade, pois saciar a fome seria acusar o fracasso. Nenhum sabor agora cativaria o paladar, nenhum prazer possível na ingestão obrigatória. Os pratos ainda empilhados no aparador, utensílios ordenados, assados diversos preservando inutilmente seu calor, quatro braços pendendo ao lado dos corpos, seus dedos inertes apontando o chão. Era para ser um jantar, lamentavam os dois. Era para ser uma reunião íntima e gregária, ocasião para alardes e brindes, para se engajar em risos e banalidades, em infrutíferos debates embriagados. Era para ser um jantar, e não a mera satisfação de uma necessidade primária.

Ninguém apareceu, nenhum convidado, ninguém avisou nada. Já sem esperança de que batessem à porta, permaneceram os dois ali sentados sem dizer palavra, interrogando as paredes com olhos inquietos, interrogando os próprios sapatos. Por que tantos os desertavam? Quem os detinha ou impedia seus passos?

Teria sido uma abstenção coletiva previamente arquitetada? O jantar era para os colegas dela, os colegas do hospital onde ela acabava de assumir um cargo alto, os colegas que ela encontrava todos os dias, com quem partilhava cafés pelos corredores, com quem discutia sem pressa os casos graves, com quem travava debates sóbrios sobre a reforma daquela instituição que já passara, ao menos no interior de suas salas, por tempos piores. Colegas de todas as horas, companheiros de lutas diárias, por que desapareciam, por que calavam agora? Ninguém jamais diria, e, no entanto, era tão óbvio: julgavam a casa deles perigosa. É certo que as assembleias estavam proibidas, vedados todos os encontros de índole subversiva, mas podia um simples jantar ser enquadrado dessa forma? A esse ponto a vida estava proscrita, a casa interrompida, cancelada a amizade? Sim, porque se era isso que os outros sentiam, todas aquelas pessoas próximas, se de fato julgavam a casa deles território minado, como podiam se privar de dizer qualquer coisa, de alertá-los sobre o risco que corriam? Calar, nesse caso, calar e se abster, calar e sumir, calar nesse caso não seria trair? Sem acusar, sem dizer palavra, permaneciam os dois ali sentados, abnegando a fome, abjurando aliados, e nunca havia sido tão sensível sua vulnerabilidade, nunca as janelas tão francas, nunca as paredes tão frágeis.

Essa noite não ficou registrada, nenhum dos dois se ergueria para buscar a câmera, nenhum dos dois se empenharia em lembrá-la. Por alguma razão, porém, a cena chega a mim em sua imagem quase estática, um milissegundo apreendido em meio à infinidade, meus pais prostrados diante da mesa, seus ombros curvados, a comida fumegante ainda intocada. Sei que dramatizo quando assim os vejo, sei que dou ao caso um peso exagerado, um peso que os relatos deles jamais comportaram. Mas acho que dramatizo esse peso porque posso senti-lo, porque de

51

alguma maneira o entendo, ou creio entendê-lo. Conheço a frustração de um jantar fracassado. Conheço, talvez, a inquietude que bate quando não se pode ocupar o próprio espaço. Conheço, ainda que indiretamente, a sensação de casa tomada.

O que não conheço, o que não posso entender, é a dor de outros jantares cancelados nessa mesma noite, a dor de outras privações, de outras abnegações, de outros insistentes interrogatórios. Outros braços pendendo ao lado dos corpos, seus dedos mais inertes do que os dedos dos meus pais, apontando um chão muito mais próximo. Não consigo conceber a supressão do ser explorada ao máximo, a destruição sistemática desse lapso que é o ser, sua conversão em utensílio torturado. Não consigo imaginar, e por isso minhas palavras se fazem mais abstratas, a indizível circunstância em que calar não é trair, em que calar é resistir, a prova mais extrema de compromisso e amizade. Calar para salvar o outro: calar e aniquilar-se. Talvez estivessem distraídos nessa noite, meus pais, mas a pergunta não lhes escapava. Colegas de todas as horas, companheiros de lutas diárias, por que desapareciam, por que calavam agora?

17.

No mundo em que vivo a rua se fez inóspita e, embora ocupá-la seja um imperativo, quem a ocupa nunca está de fato tranquilo. No mundo em que vivo a rua se fez morada do incerto, da ameaça, do perigo, e quem quer se proteger volta para casa, fecha-se em seu quarto, enclausura-se em seus próprios domínios. No mundo em que viviam meus pais, naquele mundo, invertiam-se mesmo essas lógicas mais incompreensíveis, invertia-se a sordidez para torná-la mais sórdida. Proteger-se era então afastar-se, habitar a rua pelo máximo tempo possível. No mundo em que meus pais viviam, a casa se fizera inóspita.

Foi numa manhã de outubro que meu pai encontrou o terror, ou o rastro do terror, instaurado em seu consultório. Bastou empurrar a porta arrombada para se deparar com um caos de papéis espalhados, objetos caídos, vidros quebrados, toda a comezinha cotidianidade convertida em inorgânica necrópole. Aquele consultório não fora apenas invadido e vasculhado, mas destruído com rigor militar, ou minuciosamente torturado para que denunciasse seu comparsa. Dentre as poucas coisas que

53

meu pai salvou sem muito pensar, uma resistiu às décadas e às casas sucessivas, única reminiscência daquele espaço dessacrado: a estatueta de Buda que dia a dia segurava seus livros com os braços levantados, em bravo ofício que já não poderia praticar. Caída no chão, partidos seus pés e suas mãos, a estatueta era agora simples pedra inválida, mas mantinha o amplo sorriso que lhe era peculiar.

Não sei quanto sorria meu pai nos meses que se seguiram, meses em que o medo o alijou do consultório, meses em que a prudência o afastou de casa. Sua rotina passou a ser de um deslocamento incansável, evadindo ameaças em consultórios emprestados, atendendo a outros militantes pelos bares, adiando incertezas em outras casas da família, em apartamentos de amigos, em quartos alugados. Às vezes se hospedava em algum hotel barato apelando a um nome falso, e viver era então aceitar a espoliação de tudo o que lhe era caro, de tudo o que lhe era próprio. Nessas noites, lia e escrevia para avançar as horas e talvez de fato folgasse de si pensando nas coisas, no estado lamentável das coisas, na urgência de transformá-las. Mas quando o sono por fim conseguia turvá-lo, e quando a contumaz insônia só lhe concedia um torpor anestesiado, viver era ainda se acostumar ao despojamento e à neutralidade.

Quando o ano já acabava chegou seu filho, o menino que seria seu filho, que seria meu irmão, obrigando-o a ignorar os perigos e a voltar para casa, recobrando a intimidade dos velhos dias, restituindo a vida que lhe fora arrombada. Viver com um filho requeria uma presença inabalada, porta adentro, a criança ao alcance dos braços, braços firmes que a segurassem. Viver com um filho também reabilitava para os próximos o espaço privado, aberto agora a quem quisesse conhecer o menino, a quem quisesse embalá-lo e sentir a integridade que recuperavam seus próprios braços. E muitos quiseram, muitos bateram à porta, muitos puderam sentir que o presente também era feito de seu reverso, do outro contrário da sordidez, também era feito de aparecimentos inesperados. No prédio o movimento não passara despercebido, e alguns funcionários se aproximavam para sondá-los. Num dia em que meu pai saía com o filho a tiracolo, o porteiro o abordou num misto de vigilância e curiosidade, observando com desconfiança sua expressão, examinando em seguida o rosto do menino que surgira do nada, depois da longa ausência daquele esquivo homem. Entre os olhos azuis de um e os olhos azuis de outro há de ter notado verdadeira semelhança, porque foi com a mais obscena das cumplicidades que ele soltou o comentário, acrescido de uma piscadela quase caricata: ¡La señora es una santa! Nessa noite o sorriso do Buda era tímido se comparado ao dos meus pais. Dividindo a mesma cama, partilhando a alegre insônia que o choro do filho embalava, meus pais inauguravam o riso que dedicariam à anedota, o riso como conforto às vísceras consentindo ao corpo um vigor imemorial, e a benquista distensão dos membros ainda íntegros.

18.

Procuro esse apartamento, o apartamento onde viveram meus pais. Procuro esse apartamento embora saiba que não poderei entrar. Estou na esquina entre as ruas Junín e Peña, *Junín y Peña* era como meus pais se referiam ao lugar, o nome que a casa assumia em seus relatos informais. Na esquina do cruzamento há dois prédios quase iguais, cada um ostentando sua fachada regular, seu pórtico antigo, as paredes quase cinza em que o pó tratou de se firmar. Por um instante me aflijo, meus pés titubeiam sem rumo, nenhuma certeza é possível, minhas mãos se cerram em punhos, tudo o que sei é impreciso, não sei em que prédio tocar.

Mas toco o primeiro interfone ao alcance dos dedos enrijecidos e toda a aflição se extingue. A indiferença é o que me domina, alguma paralisia em meu peito: já não me importa se este é o prédio, se esta é a verdade que desejo, se aqui meus pais foram perseguidos e meu irmão passou seus primeiros dias, os primeiros meses dessa vida que remotamente persigo. E se tão indiferente me sinto, e se não entendo bem meu próprio ensejo, por que não recolho esse meu corpo quase partido e parto de uma vez? Por que anseio, em vez disso, pela voz mecânica que me atende sem disfarçar o tédio, a voz do porteiro que me exorta a seguir com sua reticência, com seu mecânico sim? Não, é o que lhe digo, todo hesitação. Não procuro ninguém neste momento, só tenho algumas perguntas a fazer, se o senhor me permitir, e lamento de imediato a minha ambivalência, a indecisão entre a obediência e o tom inquisitivo. Ele vem me receber a passo lento e vejo em seu rosto o mesmo cansaço da voz e das pernas, rugas que não acusam risos antigos, que só desenham uns quantos anos de indolência. Procuro um casal que viveu aqui há muito tempo, me contradigo, tentando descrever esse casal e notando como me faltam elementos concretos, atributos específicos, como disponho apenas de abstrações e contingências. Explico que viviam com um bebê, ainda na década de 1970, e que tiveram que partir de súbito, o senhor entenderá por quê. Explico, para cobrir o silêncio que ele estende, que quero conhecer o espaço que deixaram às pressas, para talvez assim saber quem eram, entendê-los melhor, me aproximar deles.

Ele não me dá passagem e se mantém bastante incrédulo, ou então o que enxergo em seu semblante não é incredulidade e sim incompreensão, somada ao irredutível desinteresse. *Pero usted no sabe sus nombres*, ele quer saber, e eu quase rio ao perceber quanto estou longe de um diálogo razoável, de uma mínima sensatez, a tal ponto fracasso em me expressar com clareza. Sim, eu sei, respondo com um suspiro que revela meu desalento, eles são meus pais, o bebê é meu irmão, eu sei onde estão, eles não desapareceram. Só queria conhecer o apartamento onde viveram porque estou escrevendo um livro a respeito, e aqui minha voz assume alguma imponência, um orgulho injustificado que tento esconder, um livro sobre essa criança, meu irmão, sobre dores e vivências de infância, mas também sobre perseguição e resistência, sobre terror, tortura e desaparecimentos.

Pela primeira vez consigo do porteiro alguma reação, pela primeira vez seu rosto lento se contorce numa expressão imprevista, que só decifro quando ela se traduz numa golfada de desdém. *Ah, una más, una memoria más de los setenta,* ele diz já em movimento, escancarando a porta e me apresentando ao saguão, meneando o braço num gesto largo e solene, *adelante, usted pase, haga lo que quiera.* Mas eu não me movo, fico parado diante daquele pórtico antigo, daquelas paredes cinza, e não sei mais o que dizer. A paralisia se expandiu do meu peito, tomando meus pés e minhas mãos até a ponta dos dedos. Essa é a integridade que consigo, a paralisia é meu corpo inteiro.

19.

O parto eu não posso inventar, do parto nada se sabe. Pondero agora, passadas tantas páginas, que deveria ter sido fiel ao impulso de suprimir aqueles pobres cenários imaginários, que deveria ter cedido à hesitação e calado sobre esse acontecimento insondável. Não foi assim, não foi narrável, o nascimento do meu irmão. O quarto branco ou o opressivo pavilhão, o som de botas contra o piso ou as mãos doutas em inspeção, basta, já chega, são todas ficções descartáveis, são meras deturpações. Que baixe os braços a mulher que os estendia em desrazão, a mulher e sua ruína, cultivadas contra toda expectativa em minha mente infértil. Que se ignore também o menino, o menino e seu desabrigo, o menino e sua salvação, aquele menino que também não era meu irmão. O parto eu não posso inventar, repito, do parto não há informação.

Meu irmão nasceu dois dias depois de seu parto, nasceu numa casa longínqua nos arredores de Buenos Aires, uma casa de móveis parcos e paredes descascadas, uma casa de janelas fechadas — descrevo por suposição. A essa casa meus pais se dirigiram apreensivos, atravessando ruas despovoadas, quase perdidos, discutindo o caminho com falsa hostilidade, dispersando a ansiedade em voluntária tensão. O chamado fora recebido na manhã anterior: uma das três mulheres com quem eles haviam tratado, uma parteira que atuava como mediadora, dispunha agora de uma criança de destino indefinido, um menino cujas horas se contavam nos dedos pequeninos de suas mãos — por vezes a parteira também oscilava entre a austeridade e a emoção. O outro casal para o qual se previa a criança não podia ser encontrado, e era importante lhe dar um lar ainda antes do Natal. Ao fundo, atravessando a voz da parteira e os ruídos estáticos da ligação, podia-se ouvir uma criança que chorava, sua estridência cortando a manhã. Que minha mãe se lembre desse detalhe sempre me enterneceu, como se aquele choro fosse a primeira conversa entre eles, um diálogo entre o pranto e o silêncio, como se assim se rompesse o espaço e se adiantasse o instante em que ela o estreitaria em seu peito.

Quanto ao instante em que ela o estreitou em seu peito, prefiro não invadir sua intimidade, prefiro não adivinhar se ali desfalecia em sorriso toda a tensão do caminho, toda a ansiedade acumulada no tempo. Por ora deixo essa mulher e o menino recém-nascido. Se os deixar, confio, talvez ela se torne sua mãe, e a mulher que seria minha mãe, talvez ele se torne seu filho, e o menino que seria meu irmão. Esqueço também o homem que assomou um tanto tímido e, valendo-se apenas das mãos, envolveu a pequenez que era o menino, aquele frágil corpo em construção. Esse não será pai ainda, subsumido na estranheza que escondia com discrição, no sutil embotamento que só confessará algumas décadas depois.

Deixo a família ali, em vagarosa composição.

20.

Deixo a família ali e passo à sala vizinha, passo à hora vizinha, passo ao impasse que se instalou. Saber precisamente a origem da criança não era a melhor medida, a parteira insistia, apoiada por uns quantos livros que meus pais conheciam de cor. O perigo era que se instaurasse um peso na família, um apego exagerado à informação. Nomes e circunstâncias podiam nutrir um excesso especulativo, uma incômoda empatia, o vício compreensível da compaixão. Abdicar de um filho pode ser um gesto penoso, um duro sacrifício, afirmava a parteira ou discorriam os livros, mas quantos duros sacrifícios não preservam intactas suas razões? E, para que melhor entendessem o que dizia, e para ceder um pouco ao interesse do casal, contou em enredo elíptico a mais sucinta das versões, a única que meus pais teriam sobre a criança que surgia, a única que jamais ouviríamos sobre a origem do meu irmão.

Nascera de uma italianinha, disse a parteira, sem se importar com a imprecisão do termo, com a dupla ambiguidade que ouvintes tão atentos não deixariam de notar. Italiana era a nacionalidade ou uma ascendência ancestral? E quanto ao diminutivo tão fora de lugar, sugeria a precocidade da gestante ou sua pouca compleição? Nada disso era relevante, defendia a parteira, ou nada disso meus pais puderam decifrar. Nascera de uma italianinha que nunca quisera engravidar, e desde cedo seu parceiro havia sumido, sem qualquer cerimônia, sem nenhuma intenção de se responsabilizar. Rejeitada pelo rapaz, a garota passara a sofrer uma nova rejeição, agora da família cristã que não podia aceitar. Eis por que, dando o menino à luz, resolvera dá-lo a alguém mais: seu sacrifício era por temor à solidão.

Não sei como saíram meus pais daquela casa, não sei se algum peso atrasava seus passos, alguma piedade primordial. Sei que só posso voltar com eles naquele carro, voltar ao lado do meu irmão, que não posso me perder pelas ruas daquele bairro afastado, à procura da italianinha, de sua solidão, sua dor. Haveria dor também dentro do carro, além de alívio e alegria, ou só uma silenciosa hesitação? Minha mãe nada dizia, por muitos anos omitiria, mas o caso é que já receava saber demais, receava a aparição da jovenzinha na próxima esquina, no próximo sinal, punhos socando o vidro com inegável ardor. Meu pai dirigia sem forçar muito o acelerador, lendo cada placa que aparecia, seguir para o centro ou retornar à periferia, tantos caminhos possíveis, tantas interrogações. Não valia averiguar quem era a italianinha? E quanto confiar numa narração tão resumida? Quanto o menino ansiaria saber um dia, quando já não coubesse entre suas mãos, e quanta justiça nesse anseio, quanto direito à indagação?

Volto com eles no carro e também silencio, não sei responder a essas questões. Sigo com eles nos dias seguintes, no apartamento em que não entrei, tentando observar o menino com seus mesmos olhos atentos, procurando em seu rosto algum vago indício do nome que o represente. Essa aflição compartilho: tantos dias e não lhe davam um nome, tantas páginas e não lhe dou um nome, neste livro já não o nomeio. Sigo com eles tantos anos depois, embora agora, ou ainda, espaço e tempo nos distanciem. Estou como eles num museu de Florença, encontrando ou querendo encontrar o rosto do meu irmão num quadro de Filippo Lippi, em qualquer anjo de olhos claros que alguma italianinha concebesse — embora não saiba ao certo, e possa nunca saber, que diabo esse anjo confirma.

Estou também ao lado da minha mãe quando ela guarda, com discrição desmedida, um pedaço de papel numa gaveta. Nesse papel gasto e envelhecido estão anotados, em sua própria grafia, o nome e o telefone da parteira — o nome em que só muito mais tarde meus pais perceberiam a evidência, nome igual ao nome do meu irmão quando reduzido ao apelido costumeiro. Tal como minha mãe, não me atrevo a discar esse número antigo, não chego à mensagem automática que acusaria o óbvio equívoco, um destinatário inexistente. Guardo consciência de que nada disso me diz respeito, ou creio guardar essa consciência, e, no entanto, não esqueço que há um pedaço de papel guardado numa gaveta.

21.

Há uma foto do meu irmão em seus primeiros dias, ou meses, em seus primeiros tempos. Sua mãe, a mulher que seria minha mãe, o sustenta com firmeza bem rente ao peito, inteiramente entregue, é o que interpreto, à assimilação concreta e palpável de sua existência, à apreciação daquela presença no centro do mundo que é a foto, no centro do losango desenhado por seus ombros e cotovelos. Acho que se esforça em conhecê-lo, como toda mãe se esforça em conhecer o filho a cada vez que o tem diante de si, a cada vez que o observa, não importando quantos dias, ou meses, ou anos, tenha. Me pergunto, embora não deva, se lhe fará falta não tê-lo acolhido em seu ventre, os nove meses que ela perdeu, não ter sentido nas entranhas suas palpitações, a saciedade e a fome, a vigília e o sono, a tensão e a distensão dos membros. Esse menino já viveu uma infinidade de experiências que ela ignora, sensoriais ao menos, mas não será assim para toda mãe, sempre alheia, no limite, aos processos internos daquele outro ser, daquele corpo que não é o seu?

Eu não seria capaz de decifrar, obviamente, o que pensa ou sente essa mulher, esse outro corpo que não é o meu. Apenas a observo e me esforço em conhecê-la, tantos anos perdi encerrado em mim mesmo, ocupado em outras quimeras. Não vejo seus olhos na foto, seus olhos estão cobertos pelos cabelos. É com o sorriso, então, que ela o contempla, que ela contempla o centro do losango desenhado por seus ombros e cotovelos, que ela contempla o meu irmão, aquele ser que não sou eu. Meu irmão, no entanto, não a contempla. Vira o pescoço para trás num esforço considerável, evadindo com seu olhar os olhos ou o sorriso dela. Os olhos dele eu vejo: surpreendem de tão atentos. Me pergunto o que tentará observar, o que procura por cima de seus próprios ombros, para longe do abraço em losango em que sua mãe o encerra. Parece estranho esse interesse que meu irmão ostenta, curiosidade muito atípica nele. Me pergunto, embora não deva, que vago resquício habitará seu corpo ou sua mente dos nove meses em que habitou outro corpo, corpo ausente da foto em que agora o observo. Estarão, nesse instante, resquício e interesse dissolvidos por completo? E se assim se dissolveram, se já não existem nele, que indizível ausência instauram em seu corpo incipiente, que distância daquele outro corpo que foi o seu, daquela casa primeira feita de carne e calor e fluidez?

São perguntas vãs, eu sei, perguntas inconsequentes que a foto impõe ou sugere. É porque a foto cala que eu me obrigo a dizê-la, que eu insisto em traduzir sua retórica, em captar sua tortuosa sentença. Só quando deixo de vê-los, só quando fecho o álbum e o enterro na estante tão alto quanto alcançam meus dedos, é que enfim chego a entender quanto mentem as fotos com seu silêncio.

22.

Com meus pais aprendi que todo sintoma é signo. Que, tantas vezes, contrariando a razão, contrariando a rigidez da garganta, a imobilidade da língua, o corpo grita. Que o corpo, quando grita, aproxima-se do cerne muito mais do que a razão, pois o corpo é mais urgente, não vê razão na continência, não perde tempo em mentir. Foi, no entanto, com a razão que o aprendi, e desde então é sensível meu fracasso em sentir, desde então cada grito do corpo apenas me intriga.

Penso como terão se sentido meus pais quando meu irmão começou a rejeitar o leite que lhe ofereciam. Que de saída ele não mamaria no peito era certo, isso o corpo da mãe não lhe daria, nisso seu desejo não seria atendido, a avidez dos lábios, a sede tátil da língua. Nesse primeiro momento estreitá-lo no colo implicaria uma distância intransponível, peles separadas por tecidos, as mãos da mãe insinuando um seio plástico, em sua boca a borracha um tanto fria, inconfundível com seu corpo, matéria alheia a invadi-lo. Por alguns dias, ainda assim, ele mamou com diligência, incumbiu-se de crescer tanto quanto devia, cumpriu com zelo a razão de sua existência.

Dizer que passou a rejeitar o leite é impreciso. Acomodava-se como antes naquele colo macio, fremia os lábios expressando interesse, arranhava o plástico com os dedos ainda inábeis, suplicando com os olhos os olhos dela. Sorvia todo o leite com ímpeto indiscutível, e só então se produzia a rejeição, só então uma indistinta causa encontrava seu efeito: todo o leite retornava num jorro forte, expelido do corpo como um corpo estranho, como um veneno, a explosão de um organismo ínfimo batalhando por seu fôlego, como um renascimento. E a cada vez se repetia a sequência com maior desespero: aumentava a fome do menino, sua ânsia pelo leite, a aflição de quem queria nutri-lo, e um desconsolo ferido, talvez.

Aos quarenta dias de vida meu irmão foi operado enfim, e o ciclo então se rompeu. Estenose pilórica, o diagnóstico, um estreitamento da abertura para o intestino que impedia a passagem do alimento, provocando a contração do estômago e o vômito violento. Leio as palavras que o médico teria dito e imagino o alívio dos meus pais diante da evidência, tão conveniente, diante de um sintoma estridente que tão pouco tinha a dizer: um problema simples de desenvolvimento favorecido por predisposição genética.

Imagino meu pai no hospital, como ele contou tantas vezes, curvado sobre o berço do meu irmão, compenetrado em seu rosto, compadecido de seu sofrimento. Tanta fome naquele frágil corpo de menino, tanta fome e ele não podia comer. A fome num corpo tão pequeno só pode ser uma dor, a dor que o adulto evita em sua devoção diária à comida, em seu respeito à refeição, em sua disciplina austera. Algumas horas antes da cirurgia lhe passaram a mamadeira mais exígua, para que ele alimentasse o bebê se conseguisse. Tão escasso era o leite que ele quase se revoltou com o tratamento, cogitou conspirações, queriam matar o menino de inanição, por preconceito, por não aceitar a família que eles eram. Conteve-se, porém, e se entregou com esmero à tarefa. Quando já não sobrava nenhum leite, quando as unhas mínimas do menino começaram a arranhar seus dedos, quando os olhos azuis de um suplicaram os olhos azuis do outro, tão confundíveis que não se sabia mais que olhos eram de quem, soube enfim que aquele ser era íntimo, soube enfim que aquele filho era seu.

Se algum dia não restasse rosto ao meu irmão, eu poderia reconhecê-lo pela marca que a cirurgia deixou, eu saberia muito bem que aquele irmão é o meu. Tantas vezes vi a cicatriz em seu peito, cicatriz muito maior do que precisaria ser, reforçada pelos anos que deveriam tê-la desfeito, que reduziriam a memória do corte a um traço bastante discreto. Toda cicatriz é signo?, eu me pergunto sem querer. Toda cicatriz grita, ou é apenas memória de um grito, um grito calado no tempo? Tantas vezes a vi, tão fácil a reconheço, mas não sei dizer o que grita, ou o que cala, aquela cicatriz.

23.

Hoje sonhei com a morte do meu irmão. Digo hoje para deixar cravado no tempo, para me distanciar. Acabo de sonhar com a morte do meu irmão e ainda sinto a latência do sonho a me ocupar, por isso apresso estas palavras subsumido no mal-estar. Poucos passos me separavam da entrada de seu quarto e, ao ver a porta aberta, simplesmente ao ver a porta aberta, eu concluía que ele não estava lá. Não me atrevia a entrar, mas não recuava, gritava à minha irmã e ela não acudia, gritava ao amigo do meu irmão, o que estivera em seu quarto na noite antiga, e ele me dava respostas vagas, me dispensava com evasivas. Eu assomava à porta e via a cama feita do meu irmão, sua colcha pendendo como uma mortalha. A colcha pendendo como uma mortalha talvez eu invente agora: era na cama feita que se revelava sua morte.

Nos punhos que eu cerrava com força, eu percebia a dimensão da minha raiva — era raiva e não dor o que causavam as unhas fincadas nas palmas. Raiva por alguma razão que eu não situava, raiva de mim mesmo por não ter percebido, raiva

69

da minha mãe por não ter me contado, por me submeter ao horror da descoberta inesperada, o horror de uma ausência que nenhuma palavra pudera domesticar. Eu esperava a chegada dela deitado na cama, a cama que meu irmão deixara vaga, por cima daquela colcha que era sua mortalha. E logo não era nem dor nem raiva, logo a raiva se convertia em tristeza e eu chorava, mas quando tateava meu rosto não sentia nenhuma umidade — nem raiva nem dor nem tristeza meus olhos estéreis sabiam expressar.

O sonho era atravessado por um pensamento egoísta — mais de um pensamento egoísta, é o que depreendo agora. Tentando inventar suas últimas horas, eu desejava que ele não houvesse notado a morte iminente, que lhe houvesse sido impossível qualquer cômputo de pesares, qualquer comezinho balanço final, pois nesse balanço eu jamais conseguiria me salvar. Fazia quase um mês que eu não falava com ele, que nada lhe dizia; faz quase um mês que eu não falo com ele, que nada lhe digo. Desejava então que, antes da morte, ele não tivesse podido me avaliar, não houvesse sabido quanto fui um mau irmão, não houvesse notado quanto o abandonei.

Depois, ainda deitado em sua cama, era o livro o que me preocupava. Com sua morte, por alguma razão o livro não fazia mais sentido, eu teria que abandoná-lo, teria que rasgar todas estas páginas indecisas, lançá-las nas águas límpidas de algum rio, queimá-las numa lareira de fogo farto — qualquer imagem vulgar já me bastava. Como se o livro fosse uma longa carta para ele, uma carta que ele jamais leria (e se o livro for uma longa carta para ele, isso é o que agora cogito, preciso escrevê-lo melhor, preciso torná-lo mais sincero, mais sensível). Mas o livro não é uma longa carta para ele, eu pensava em seguida, deitado na cama, não sei se acordado ou adormecido. E voltava a entoar, como numa ladainha que a ninguém interessaria ouvir, que preciso contar a história dele, que a história dele, mesmo fenecido, tem que existir.

Devia estar já deitado na minha própria cama, os punhos já descerrados, quando o último sentimento me aturdiu, híbrido entre a liberdade e o dever a cumprir: se a história dele tinha que existir, e se eu podia agora narrá-la nas minúcias que antes censurava em seu respeito, precisava então falar de sua relação conflituosa com a comida, precisava então contar como ele abandonara seu corpo, como não se nutria, como estava raquítico nos últimos dias.

24.

Ele não estava raquítico, não eram seus últimos dias. Algo desse tom pesaroso, porém, costumava marcar nossas conversas quando ele não aparecia, quando se fechava no quarto e recusava todo apelo que fazíamos, recusava até mesmo o prato que oferecíamos à porta, e então sem mais enfrentá-lo desistíamos. Estava magro demais, era o que julgávamos ou temíamos, confinados os quatro à mesa, cobrindo sua ausência com palavras de agonia.

Estava magro demais e aquela magreza não fazia sentido, não tinha história, nenhuma causa discernível. Inutilmente interrogávamos a memória à procura de evidências, de balizas que delineassem um processo tão gradual, tão imperceptível. Desde quando sua resistência ao convívio na mesa se transformara em rejeição à comida? Desde quando já não queria se manter forte, firme, digno, nutrir o vigor que sempre lhe fora característico? Em que momento resolveu abdicar dos exercícios, rebaixar à apatia seu gosto por qualquer esporte, limitar-se à condição de espectador passivo? Em que imemorável manhã despertou decidido a conter de vez o apetite, a praticar somente essa contenção, exercitar o corpo na escassez medida? Exagerávamos, é evidente, como ainda exagero agora, ciente de que as palavras distorcem, de que as perguntas também afirmam. Não quero, não posso fazer do meu irmão um artista da fome. Não quero descrever um rosto pálido, ou costelas salientes a esgarçar uma cicatriz, como se inventasse um personagem qualquer para um novo livro, na forja de mais um espetáculo assombroso ou triste. Não quero, não posso expô-lo numa jaula cujas barras são estas linhas, para o apreço de uma plateia ansiosa por sentir, por nutrir sua compaixão, alimentar seu altruísmo.

Talvez fosse isso que fizéssemos enquanto comíamos, enquanto discutíamos a situação tão difícil do meu irmão, a situação difícil, era como a definíamos, não tanto a magreza, mas a inércia daquele rapaz que se tornara inacessível. Sofríamos, é certo, era nítida a angústia no rosto dos meus pais — uma angústia que minha irmã já aprendera a expressar e que talvez se refletisse em meu rosto, adolescente ou adulto, uma angústia que talvez eu também sentisse. Mas desconfio que não procurássemos realmente uma forma de chegar a ele, de abraçar aqueles ombros delgados, pousar a mão no seu pescoço e, com carinho, com cuidado, indicando com os dedos a direção do próximo passo, guiá-lo para fora do quarto, para dentro da vida. Temo que nos limitássemos a observar o caso e a pensar o óbvio, a repetir indagações despropositadas. Desconfio que não passássemos, com ele isolado no quarto, em frente à tela dispersiva, temo que não passássemos de espectadores passivos aficionados por um esporte, por mais um espetáculo compassivo.

Como acessar de fato a situação difícil, como elaborar sua complexidade se tantas noções estavam vetadas, se os pensamentos se interrompiam? Um dia ouvi de uma professora da faculdade, desviando-se da literatura que debatia, que é comum um

73

conflito com a adoção se expressar em disfunção alimentar — que muitas vezes, para a criança adotiva, comer é se integrar, engordar é ocupar sua parte da casa, ocupar sua parte da família, e assim um anseio simples se converte em fome exagerada. Pensei no meu irmão, é claro que pensei no meu irmão e no que indicaria aquela inversão dramática, mas, ao chegar em casa, contive o impulso de comentá-lo aos meus pais. Era inútil me render a um diálogo que eu podia antecipar: juntos, palavra por palavra, rejeitaríamos o simplismo da explicação, seu automatismo, sua generalidade. Juntos repetiríamos que o filho adotivo não pode ser reduzido a esse traço primordial, não pode virar um personagem esquemático. Não sei por que não calo nestas páginas o que calei naquele dia. Acho que estaríamos certos na ocasião, acho que estou errado agora.

25.

Mas há pesares que não sucumbem a argumentos, há dores que não se exageram. Há histórias que não se inventam à mesa, entre goles e garfadas, entre papos quaisquer, histórias que recusam a proximidade com a leveza, que não se prestam à ruminação corriqueira, às frases diárias. Há casos que não habitam a superfície da memória e que, no entanto, não se deixam esquecer, não se deixam recalcar. No espaço de uma dor cabe todo o esquecimento, diz um verso sobre estas coisas incertas, mas os versos nem sempre acertam. Às vezes, no espaço de uma dor cabe apenas o silêncio. Não um silêncio feito da ausência das palavras: um silêncio que é a própria ausência.

Não lembro quando ouvi pela primeira vez o nome de Marta Brea. É provável que não tenha percebido o peso investido no nome, que tão cedo não tenha entendido o que ele representava. Por um tempo há de ter sido apenas um nome antigo, de uma amiga da minha mãe que não frequentava a nossa casa, que dela se afastara sem motivo. Foi por algum comentário eventual da minha irmã, emulando decerto um tom mais carregado, que descobri que ela não era uma amiga como as outras, distanciada pelo tempo, pelo exílio, pelo espaçamento gradual das cartas até que não restasse nenhum contato. Sem precisão apreendi que daquela amiga não havia cartas, que nunca houve cartas, que um rótulo se imprimia em vermelho sobre seu nome: Marta Brea, desaparecida.

Era colega da minha mãe no hospital de Lanús, hospital de que tantos se orgulhavam, enclave da luta antimanicomial no país, realidade e símbolo dessa luta que as duas travavam com entusiasmo. Um ano antes o diretor de psiquiatria fora afastado, por uma ordem tão obscura quanto incontestável, e num processo interno minha mãe havia sido escolhida para assumir seu cargo, enquanto Marta coordenaria o setor de adolescentes. Nesse ano a afeição que ambas dispersavam enfim se condensou em amizade. Iam juntas no longo trajeto até Lanús, voltavam juntas, trocavam confidências que em outras épocas seriam mansas mas que agora lhes rendiam um amplo espectro de cumplicidades. No relato do nascimento do meu irmão constava seu nome: Marta havia sido a primeira a visitá-lo em casa.

A última vez que minha mãe ouviu sua voz foi numa reunião do conselho diretivo, enquanto debatiam problemas menores, e alguns minutos depois, reunião interrompida por alguém que a chamava para uma consulta rápida, a estridência inesperada de seus gritos atravessando os corredores, varando as paredes, percutindo os tímpanos e a memória de quem ali aguardava sua volta. Correndo até a entrada do hospital, minha mãe ainda pôde testemunhar a brusquidão com que a empurravam e a enfiavam num carro sem placa, a partida súbita e singular daquele carro se repetindo tantas vezes ante seus olhos. Pode ser finito nosso acervo mental de imagens: a cada desaparecimento, a cada sequestro noticiado, minha mãe vê, ou pensa ver, diz ver esse mesmo carro em seu arranque drástico, seu sumiço na primeira esquina, o rastro dos pneus no asfalto.

Não sei quantas horas passaram até que minha mãe estivesse sentada na sala da família Brea, sala suntuosa de aspecto aristocrático, expressando sua aflição à irmã de Marta, suplicando que tomasse uma medida, que fizesse alguma coisa, ouvindo a resposta que nunca imaginara: Ela se meteu com quem não devia, mexeu com quem não devia, que sofra agora o castigo que lhe cabe. Só lamento a tristeza do meu pai, sua decepção com a filha tão bem-educada, emendou aquela jovem em seu cinismo espontâneo, quase incalculado, e à minha mãe só coube calar o desgosto e guardar de empréstimo, pela amiga, aquela mágoa suplementar.

Não sei quantos dias passaram até que estivesse na sala da delegacia, apelando ao chefe de polícia que era velho amigo de seu cunhado, amigo de infância do meu tio entrerriano. Sorria, o homem de gestos contidos e rosto amigável, sorria e tentava acalmá-la, que ficasse tranquila, bastava um breve instante para que averiguasse. Quando voltou, seu rosto se convertera numa carranca imperturbável e a voz soava grave: Quais as suas relações com essa mulher de nome Marta? Com que intimidade a senhora a conhece? Costuma frequentar, por assim dizer, seus mesmos círculos sociais? Alerta à metamorfose, minha mãe se obrigou a engolir a amizade, a alegar apenas o vínculo profissional, vinha como diretora do hospital preocupada com a colega de trabalho. Pois então lhe recomendo, o homem já a empurrava porta afora, que esqueça seu nome e nunca mais pergunte nada.

Minha mãe não esqueceu seu nome. Jamais esqueceu seu nome, ainda que tão logo o exílio ampliasse o lapso, ainda que, em poucos meses, rudes fronteiras as separassem. Minha mãe não aceitou sua falta, apegando-se a qualquer notícia vaga que a alcançasse, uma mulher que estivera na mesma cela que Marta, que destacava sua bravura, sua solidariedade, uma mulher que existia e estava viva e tinha respostas. Minha mãe não deixou de perguntar, mas o silêncio foi se tornando mais frequente que as palavras e aos poucos aquela ausência ocupou o espaço que a amiga ocupara, roubando-lhe o nome, deformando na memória seus traços.

Só quando recebeu aquela carta, trinta e quatro anos mais tarde, a carta que convertia Marta Brea em Martha María Brea, vítima do terrorismo de Estado da ditadura civil-militar, jovem psicóloga cujos restos agora identificados ratificavam seu assassinato em 1º de junho de 1977, sessenta dias depois de seu sequestro no hospital, só quando recebeu aquela carta pôde vasculhar em seu íntimo as ruínas calcificadas do episódio, pôde enfim tocá-las, movê-las, construir com o silêncio das ruínas, e com seus traços deformados, o discurso que proferiu em sua homenagem. Nas páginas desse discurso conheci a história que faltava, mas conheci também algo mais: o luto discreto que havia décadas minha mãe vivenciava, o sentido rarefeito que aquela morte incompleta instaurara em sua realidade. Nas páginas desse discurso conheci algo mais: a atrocidade de um regime que mata e que, além de matar, aniquila os que cercam suas vítimas imediatas, em círculos infinitos de outras vítimas ignoradas, lutos obstruídos, histórias não contadas — a atrocidade de um regime que mata também a morte dos assassinados.

Não conheci Marta Brea, sua ausência em mim não mora. Mas sua ausência morava em nossa casa, e sua ausência mora em círculos infinitos de outras casas ignoradas — a ausência de muitas Martas, diferentes nos restos desencontrados, nos traços deformados, nas ruínas silenciosas. Em tudo diferentes: iguais apenas no pesar que não sucumbe, no papo que não se inventa à mesa, na dor que não se exalta. Marta Brea era o nome que tinha em nossa casa o holocausto, outro holocausto, mais um entre muitos holocaustos, e tão familiar, tão próximo.

26.

É preciso aprender a resistir. Nem ir, nem ficar, aprender a resistir. Penso nesses versos em que meu pai não poderia ter pensado, versos inescritos na época, versos que lhe faltavam. Penso em meu pai na última reunião clandestina que lhe coube presenciar, quieto entre militantes exaltados, abstraído do bulício das vozes. Resistir: quanto em resistir é aceitar impávido a desgraça, transigir com a destruição cotidiana, tolerar a ruína dos próximos? Resistir será aguentar em pé a queda dos outros, e até quando, até que as pernas próprias desabem? Resistir será lutar apesar da óbvia derrota, gritar apesar da rouquidão da voz, agir apesar da rouquidão da vontade? É preciso aprender a resistir, mas resistir nunca será se entregar a uma sorte já lançada, nunca será se curvar a um futuro inevitável. Quanto do aprender a resistir não será aprender a perguntar-se?

Quieto entre militantes exaltados, abstraído do bulício das vozes, meu pai se entregava à política que sempre há no ensimesmar-se. Dentro de si nenhum chamado a batalhas literais, dentro de si nenhum espaço para a fúria e a coragem. Onde os horizontes utópicos, agora? Onde as ponderações ideológicas? Quantos importantes debates haviam se perdido na minúcia das dores, na contagem das baixas? Como ninguém notava que já não discutiam novas táticas, rumo à muito maltratada nova sociedade, como ninguém notava que aquilo se convertera numa clínica do fracasso? Como não percebiam que a política se reduzia, nesses encontros tormentosos, ao mero grito agônico?

Nem ir, nem ficar, aprender a resistir, era o que os pensamentos lhe sugeriam, mas seus olhos o traíam e oscilavam entre o relógio e a porta. Exaltados ou abstraídos, todos temiam a mesma ameaça: no amplo círculo que constituíam, sob a luz difusa das janelas fechadas, uma única cadeira permanecia vaga. Passava-se o tempo, os minutos se apressavam, e quem convocara a reunião não chegava para acompanhá-los, não chegava para devolver ao dia uma mínima tranquilidade. Ao ritmo do ponteiro que meu pai vigiava, o medo perfazia aquele círculo incompleto, a cada cinco minutos um rosto novo que se assombrava, em uma hora a sala já tomada. Teria caído, então, quem os chamara? E se assim fosse, se a essa altura estivesse rendido aos militares, até quando poderiam esperar ali sentados, distraídos, ignorantes dos azares que os espreitavam? Quando deveriam dar início à tão adiada operação debandada?

Aprender a resistir, sim, meu pai pode ter pensado, entregue como podia à sua política do ensimesmar-se. Agora, porém, uma questão mais urgente se colocava: ir ou ficar?

27.

Vocês têm que ir, foi o que ele disse com voz peremptória, voz cujo fervor parecia indicar um intenso alarme, voz cuja firmeza queria ocultar uma fragilidade. Quem o afirmava tinha a autoridade dos que sabem, dos que viram a face feia de um mundo despido de máscaras, dos que sentiram a dureza do mundo cravada na carne flácida. Quem o afirmava era Valentín Baremblitt, o psiquiatra que minha mãe sucedera na direção do hospital, preso um ano depois sem nenhum motivo válido, desaparecido havia mais de um mês, incomunicável até aquele instante em que os convocara. Estava magro e pálido o homem que os encarava com extrema seriedade, as mãos trêmulas, os lábios descorados. Vocês têm que sair, vocês são os próximos, foram suas palavras exatas, a tensão cortando como uma faca a calmaria falsa da madrugada.

E então, num imprevisível átimo, no fervor de uma voz que alguém falhara em silenciar, em duas frases simples e sumárias, culminavam as muitas dúvidas que os assaltavam havia meses e se dirimia qualquer indecisão, qualquer indagação enigmática.

Permanecer já não era opção, permanecer porque a cidade pertencia a eles e não aos algozes, porque naquelas ruas a vida acontecia e naquelas praças se convertia em história, nada disso agora soava sensato. Partir era o que deviam fazer, sem nem passar em casa. Partir, só os dois e o menino, só os três e o que levavam nos bolsos, as roupas do corpo, uma mochila com a mamadeira cheia e um punhado de fraldas. Partir e esquecer a derrota, partir e esquivar o descalabro, e preservar o que lhes restava, fosse muito ou fosse pouco, a existência diária que a cada dia lhes roubavam. Partir e salvar também aquela outra vida que mal se iniciava, proteger o menino embalado em seus braços, salvar seu filho, era o que minha mãe pensava ao atravessar a cidade em silêncio absoluto, cortado em ritmo regular pelo ruído dos sapatos contra a calçada.

Na manhã seguinte já estavam no carro do meu tio, confiando na amplidão de seus contatos, duas passagens de avião compradas por mero álibi, para despistar quem quisesse emboscá-los, no bagageiro duas malas cheias com o que minha tia arrebanhara no apartamento abandonado. Dessa viagem não sei muito, há algo nela que me escapa, não faço ideia do que conversavam — não sei se a partida era melancólica, ou desesperada, ou se já prenunciava um momento de maior tranquilidade, o acolhimento que o Brasil lhes daria, a eles que nem sequer planejavam ficar. Imagino o carro singrando a planície ensolarada e é como se meu olhar se afastasse, como se o visse do alto, paisagem com carro em velocidade. Acirra-se assim a consciência de que ali eu não estava, de que ali eu não podia estar, de que aquela travessia apressada é um acontecimento ancestral da minha própria história, essencial por algum motivo que não consigo explicar bem, ou que não vem ao caso.

Sei que passaram a fronteira com o Uruguai sem muita dificuldade, que se despediram com abraços rápidos que parecessem casuais, que em poucas horas estavam os três num avião que os levaria de Montevidéu a São Paulo. Um derradeiro susto lhes deu a voz robótica do piloto, anunciando aos passageiros que haveria uma ligeira mudança de planos e que eles teriam que fazer uma escala em Buenos Aires, ressuscitando na imaginação do meu pai algumas velhas e temidas imagens, revistas bruscas, algemas, interrogatórios. Quando, após algum alvoroço, descartou-se essa possibilidade, foi algo como um desafogo o que meu pai sentiu, como se enfim pudesse voltar a respirar. Ali compreendeu, ou começou a compreender, que nem tudo se reduzia aos poucos bairros que ele habitara alguma vez, tomados de terror e sobressalto. Ali começou a compreender que o mundo era muito mais vasto, feito de largas planícies e infinitos horizontes, físicos ou utópicos, e que sempre, em toda parte, faria sentido lutar para que fossem preservados. Ali concluiu, ou quis concluir, que a derrota era circunstancial, tão somente uma derrota por agora.

Seria leviano dizer que meus pais não sofreram o exílio, que não padeceram de sua arbitrariedade, seus desentendimentos, suas nostalgias, seus esquecimentos indesejados. Sinto, porém, que sempre o viveram em alguma medida como naquela manhã e naquela tarde, como uma paisagem pacífica, uma planície ensolarada, a calma muito merecida depois de uma noite tumultuosa. Não creio exagerado dizer que os anos seguintes foram um prolongamento daquele dia, tenso e plácido a um só tempo — embora, por vezes, também à noite anterior tenhamos retornado, embora tanto eu me esforce, saiba-se lá por quê, em recuperá-la.

De outra noite não me esqueço, numa cidade longínqua desse mundo que se fizera vasto, num ano longínquo ao da escapada, mais próximo a este em que me ponho a contá-la. Estava em Barcelona com meus pais, jantávamos com Valentín Baremblitt, vidros tilintavam numa alegre coreografia de taças. Entre um sorriso e outro de Valentín, entre uma anedota e outra que contava, uma sombra cobriu-lhe a face, turvando-a por um instante, ele se afastou da mesa e ergueu a barra da calça. Seu tornozelo direito estava inchado, vermelho, deformado: Está vendo este meu tornozelo?, ele indagou à minha mãe. Fizeram isso enquanto perguntavam sobre você.

28.

Um dia tudo é alheio. Você caminha por uma rua desconhecida e ela perfaz uma curva inesperada, sem nenhuma esquina se torna outra rua, assume outro nome, e você está perdido naquele que deveria ser o seu bairro. Um dia tudo é alheio. Você encontra enfim um café, embora não queira tomar um café e sim ficar ali sentado; o garçom lhe traz uma xícara e parece aguardar sua saída com alguma ansiedade, pois ali tomar um café tem um sentido literal que não inclui a permanência por longas horas. No início estranhávamos um pouco, dizem meus pais, e eu os entendo pelo avesso, porque já estranhei as ruas retas demais e os cafés de toda uma tarde.

Um dia tudo é provisório. Ele está no Brasil só enquanto não partem para o México, para ali retomar a batalha com os outros companheiros exilados. Ela está no Brasil só enquanto não partem para a Espanha, para ali retomar a vida e os tantos planos que já se atrasam. Porque não se decidem é que vão ficando, os meses se alongam como as ruas sinuosas, e o sabor do café até que agrada. Um dia você dá uma informação a um homem que passa e descobre que sabe o nome da rua onde está, que aquele afinal pode ser o seu bairro, que o que era alheio se tornou próprio, ou quase. Você nem se importa que o homem não entenda o seu sotaque, você gesticula e o homem ainda perdido lhe devolve um sorriso simpático — aqui há pesares, é claro, aqui é uma ditadura como lá, aqui a miséria se vê em cada esquina que não há, e no entanto há gente sorridente por toda parte.

Você sorri e crê entender, embora não entenda, algo sobre aquela gente, algo de próprio e real sobre sua alegria, sobre sua beleza, aquela beleza alheia que talvez um dia você consiga imitar — quando lhe for possível, quem sabe, semelhante leveza. Você sorri e cogita se a beleza não será sempre alheia, se a alegria não será sempre alheia, algo que ninguém consegue reconhecer em si, algo de evanescente que só se estampa no rosto do outro, jamais no seu. Você se pergunta, nesse dia, não se um dia será capaz de tornar a beleza algo próprio, fazer da alegria algo seu, mas se será capaz de um dia se fazer também outro, se fazer também alheio.

29.

Mas houve o dia em que tampouco os brasileiros souberam sorrir, o dia em que cobriram o rosto com mãos espalmadas, o dia em que a simpatia habitual deu lugar à mais conspícua raiva. Difícil encontrar o tom adequado ao caso, compreender a importância do desimportante, respeitar o sofrimento legítimo que pode haver nas futilidades, sobretudo quando coletivas ou partilhadas. Difícil estimar todo o peso que adquire uma insignificância quando nela se projetam sentidos vários, quando nela se cristalizam tantos significados. Da circunstância mais banal ao sentimento do trágico às vezes basta um deslize sutil, uma falha menor.

Naquele dia foram seis falhas menores. Um volante a sofrer um drible seco, um bom cabeceador desmarcado, uma tabela fácil dentro da área, um zagueiro que deixou de saltar, a apatia do goleiro, e de novo a apatia do goleiro, seu perceptível desinteresse em alcançar a bola, em deter qualquer ataque. Numa incrível goleada da Argentina sobre o Peru, por seis a zero, era o Brasil que se via eliminado, ainda que invicto, ainda que não merecesse tamanho azar. Ou não era de azar que se tratava? Reunidos todos numa mesma casa, exilados argentinos e brasileiros solidários, agora todos se entreolhavam com desconfiança, escondiam mal a agressividade, agora eram ríspidos seus diálogos, rudes as palavras que trocavam. Súbito os onze homens em campo eram dignos representantes de uma pátria sem caráter, de um país indigno, aquele jogo era uma fraude, uma sujeira, o goleiro estava comprado, e cada um dos argentinos ali presentes estava estranhamente envolvido, tinha seu quinhão de responsabilidade, cada um havia contribuído com algo e era cúmplice de alguma forma.

Cúmplices de uma pátria sem caráter que os perseguia, nisso haviam se tornado. Por mais verdadeiros que fossem, seus argumentos pareciam inócuos. Eles haviam, sim, se recusado a vestir a camisa, haviam contido todos os gritos, vaiado com afinco cada autoridade que aparecesse na tela, cada farda reluzente que às câmeras se apresentasse. Desde o início da Copa eles denunciavam a falácia, esbravejavam contra a Fifa por patrocinar o disparate, por dar ao regime a chance de alardear ao mundo suas conquistas, de cantar sua falsa vocação de liberdade, de celebrar suas construções, fossem elas prisões ou estádios. Sim, a toda essa profusão crítica eles haviam se dedicado, e se dedicavam ainda, gesticulavam em defesas enfáticas, mas acreditavam de fato no que diziam? Seriam suficientes aqueles atos? Não estariam contribuindo com algo, tal como eram acusados, não seriam de alguma forma cúmplices, simplesmente por se ausentarem, por terem encontrado um novo bairro, por apreciarem o gosto do café, por se reunirem, alegres, incautos, para assistir a um jogo de futebol? Agora quase não falavam, tão cabisbaixos quanto os outros, sofrendo como eles a derrota, simulacro de outra derrota, sentindo como nunca a culpa própria dos que se salvaram.

Não sei ao certo, talvez estas sejam lucubrações forjadas, noto pelo tom que se faz penoso, o tom que me sobrevém quando reconstruo estes episódios. Dessa noite o que persiste no relato é a anedota risível, a tragédia ainda uma vez convertida em farsa. Meu irmão cruzando a desolação da sala e chutando uma bola com toda a força de suas pernas mirradas, gritando com entusiasmo, com seu sotaque argentino, gol de Kempes, instaurando a insolúvel dúvida sobre quem teria lhe ensinado o grito patriótico.

30.

Há algo que não quero lhes perguntar. Há muitas coisas que não quero voltar a perguntar, que prefiro evocar de palavras guardadas na obscuridade da memória, palavras que já esqueci mas que minha mente cuidou de transformar em vagas noções, turvas imagens, impressões duvidosas. Com esses escombros imateriais tenho tratado de construir o edifício desta história, sobre alicerces subterrâneos tremendamente instáveis. Há algo, no entanto, que não conheço sequer nos limites dessa precariedade, algo que jamais me contaram, e que ainda assim não quero, ou não posso, lhes perguntar.

Imagino meus pais, nessa manhã que não conheço, num apartamento em que nunca entrei, num prédio de que só vislumbro a fachada, imagino meus pais em volta da mesa debruçados sobre o jornal. Não era comum que trouxesse notícias argentinas; não era nada comum que burlasse a propaganda oficial e falasse de crimes graves, crimes contra a humanidade, homens e mulheres sequestrados em massa, torturados, desaparecidos — toda a liturgia da repressão reduzida à enumeração sumária.

Esta que imagino é uma manhã de domingo, em agosto de 1978. Por essa época quase todos os crimes eram conhecidos, mas costumavam chegar por vias mais tortuosas: os rumores que se multiplicavam em cada encontro dos exilados e as duras experiências pessoais, muitas ainda inauditas. Era estranho ver aquilo estampado no jornal, ainda que clandestino, a um país de distância, num idioma que não dominavam. Um sentimento ambíguo os envolvia: ali o terror era por fim denunciado, ali se tentava fazer jus à gravidade, mas também se confirmava o rumor incessante, e se convertia em notícia tangível o que era intangível na vivência própria.

Ao pé da página, nesse jornal que não li, um breve comunicado em letras miúdas quase passava despercebido. Era assinado pelas Mães da Praça de Maio, ou melhor, por uma facção das Mães de que até então nada se ouvira, o grupo das "Avós argentinas com netos desaparecidos":

Apelamos às consciências e aos corações das pessoas que tenham a seu cargo, tenham adotado ou tenham conhecimento de onde se encontram nossos netinhos desaparecidos, para que, num gesto de profunda humanidade e caridade cristã, restituam esses bebês ao seio das famílias que vivem o desespero de ignorar seu paradeiro. Eles são os filhos de nossos filhos desaparecidos ou mortos nestes últimos anos. Nós, Mães-Avós, hoje trazemos a público nosso clamor diário, lembrando que a Lei de Deus ampara o mais inocente e puro da Criação. Também a lei dos homens outorga a essas criaturas desvalidas o direito mais elementar: o direito à vida, junto ao amor de suas avós que as procuram dia a dia, sem descanso, e continuarão procurando enquanto lhes reste um fôlego de vida. Que o Senhor ilumine as pessoas que recebem os sorrisos e carícias dos nossos netinhos para que respondam a este angustioso chamado às suas consciências.

Terão lido em voz alta esse apelo tão sentido? Terão percebido um calor a inundar-lhes os rostos, deixando em suas colunas rastros fugazes de calafrio? Terão emudecido ambos, rememorando sem palavras aquela sequência já distante, a ligação às vésperas do Natal, a casa de janelas fechadas, a italianinha? Terão argumentado um para o outro que aquilo era muito improvável, que não havia nenhum indício, que os militares não sequestrariam um bebê para entregá-lo nas mãos de um casal que julgassem subversivo? Terão consultado algum livro jurídico, confirmando que, ainda estando fora da lei, poderiam ter a lei do seu lado, garantindo que "o adotado deixa de pertencer à família de origem e se extingue seu parentesco com todos os seus membros, de modo que em diante ninguém pode reconhecer esse menino como próprio nem levantar juízo algum sobre sua filiação, sua criação ou seu patrimônio"? Terão, ainda assim, aberto por um instante a gaveta que nunca abri, visto o pedaço de papel ainda não tão gasto, cogitado ligar para a mulher que lhes dera um filho, o filho que era deles, o menino tão vivaz e tão querido que agora dormia no quarto ao lado?

Não, essas não são as perguntas certas — e talvez por isso eu nunca as fiz. Especular sobre como meus pais reagiram, sobre como teriam lido o apelo das Avós da Praça de Maio, é uma frágil tentativa de relegar esse apelo a um tempo preciso, de torná-lo extemporâneo, de excluí-lo do presente em que sua voz subsiste. Desde 1978 o chamado das Avós se repete: ele está na praça onde essas mulheres dão voltas toda quinta, e está em jornais que eu pude ler muitas vezes, replicado em inúmeras notícias. Não sei por que insisto em apelar aos meus pais, em imaginar como eles o leem a cada vez. Talvez me falte coragem para compreender como eu mesmo o leio, ou como meu irmão o leria.

31.

Visito o museu da memória, transito por corredores sinistros, me deixo consumir ainda uma vez pelos mesmos destinos trágicos, as mesmas tristes trajetórias. Há uma sala destinada à causa das Avós, é o que o mapa informa, sigo o mapa a passos firmes, mas vacilo de novo quando chego à entrada. Um único casal passeia de mãos dadas pela sala, percorre uma volta lenta que não parece próxima de acabar. Ao vê-los, parado na soleira da porta, descubro que não quero dividir com eles o espaço, não quero me submeter ao ir e vir delicado que exigiriam aqueles poucos metros quadrados. Parado ainda na soleira da porta, visível a seus olhares laterais, sinto o sangue a ruborizar meu rosto, sinto uma súbita vergonha que não consigo decifrar. Não me movo, por segundos ou minutos não me movo, mas logo o casal pede passagem e dou dois passos à frente — me coloco, quiçá contra a minha vontade, no centro da sala das Avós.

Não há nada, não há quase nada, a sala é feita apenas de velhas fotos alinhadas, imagens de mulheres desaparecidas, os clássicos retratos em branco e preto das vítimas da ditadura militar.

Sorriem, essas jovens: há um sensível esforço de flagrá-las em momentos de alegria, de captar algum relance de felicidade, ainda que em poucos meses, semanas em alguns casos, elas venham a ser capturadas com violência, submetidas ao suplício costumeiro mesmo estando grávidas, nutridas com o mínimo para gestar a criança, obrigadas a dar à luz em condições deploráveis. Há um empenho sensível de lhes conferir força e dignidade: elas são as filhas das mulheres fortes e dignas que agora procuram os muitos bebês sequestrados, apropriados pelos militares, entregues a famílias amigadas ao regime, passados de mão em mão como mercadorias valiosas, extraviados sem deixar rastro.

Uma única jovem ali retratada não sorri. Seus lábios finos e pálidos parecem prenunciar o mal que se abaterá sobre ela, o mal que se abaterá sobre todas elas; seus olhos claros têm uma tristeza que se alastra além da foto, que devolve àquela sala o tom que alguém quis evitar. Ao vê-la, percebo em mim um ímpeto involuntário de vasculhar seu rosto, de examinar com atenção cada um de seus traços. Quando sua figura não me resulta familiar, quando já não me revela nada, passo a vasculhar os outros rostos com interesse exagerado, a adivinhar as cores dos olhos, a ondulação dos cabelos, a trilhar a linha tênue do nariz, a curva do maxilar. Por que o faço não sei ou não quero saber, nem a mim mesmo posso confessar.

Na saída da sala, junto à porta, há uma caixa de madeira com uma fenda estreita, semelhante a uma caixa de sugestões. *Aportá aquí tu información para ayudarnos a encontrar a los nietos que faltan,* demanda o bilhete colado à caixa, no imperativo tão próprio do espanhol. Por um instante meus pés me traem, sou um vulto indeciso na soleira da porta, não sei se entro ou se saio. A angústia que sinto já não consigo disfarçar: me pergunto, embora não possa, se tenho algo a aportar, se algo posso ajudar na luta dessas avós.

94

32.

Sei que escrevo meu fracasso. Não sei bem o que escrevo. Vacilo entre um apego incompreensível à realidade — ou aos esparsos despojos de mundo que costumamos chamar de realidade — e uma inexorável disposição fabular, um truque alternativo, a vontade de forjar sentidos que a vida se recusa a dar. Nem com esse duplo artifício alcanço o que pensava desejar. Queria falar do meu irmão, do irmão que emergisse das palavras mesmo que não fosse o irmão real, e, no entanto, resisto a essa proposta a cada página, fujo enquanto posso para a história dos meus pais. Queria tratar do presente, desta perda sensível de contato, desta distância que surgiu entre nós, e em vez disso me alongo nos meandros do passado, de um passado possível onde me distancio e me perco cada vez mais.

Sei que escrevo meu fracasso. Queria escrever um livro que falasse de adoção, um livro com uma questão central, uma questão premente, ignorada por muitos, negligenciada até em autores capitais, mas o que caberia dizer afinal? Que incerta verdade sobre essas vidas que não conheço, marcadas por um ínfimo abandono inaugural, talvez nem mesmo abandono, talvez mera contingência pessoal, fortuita como outras, arbitrária como outras, semelhante a quantas mais? O que teria a oferecer senão receios, ressalvas, interrogações? Queria tomar o exemplo do meu irmão e torná-lo, de alguma forma, algo maior: montar um discurso em que alguém se reconhecesse, em que alguns se reconhecessem, e que falasse como dois olhos. Mas como poderia meu irmão representar alguém mais, se neste livro ele não representa sequer a si? Injusto papel o que lhe atribuí, meu irmão refém do que jamais será.

Sei que escrevo meu fracasso. Não sei bem a quem escrevo. Penso no pedaço de papel escondido na gaveta, penso na ligação que ninguém fez, no erro óbvio em que resultaria essa ligação, do outro lado da linha não encontraria ninguém. Sem nenhuma sutileza me vejo a temer: talvez o erro seja este livro, criado para um destinatário inexistente. Volto à origem do meu ímpeto: queria, creio, que o livro fosse para ele, que em suas páginas falasse o que tantas vezes calei, que nele se redimissem tantos dos nossos silêncios. Não será assim, não foi assim, já consigo saber. Com este livro não serei capaz de tirá-lo do quarto — e como poderia, se para escrevê-lo eu mesmo me encerrei? Agora não sei mais por onde ir. Agora paraliso diante das letras e não sei quais escolher. Agora sim, por um instante, posso sentir: queria que meu irmão estivesse aqui, a pousar sua mão sobre a minha nuca, a apertar meu pescoço com seus dedos alternados, tão suaves, tão sutis, a indicar a direção que devo seguir.

33.

Uma vez por ano, porém, meu irmão contrariava sua contenção, recolhia-se de seu recolhimento, retraía-se de sua retração, fazendo da longa escassez um excesso potencial. Irrompia de seu quarto com uma energia que nunca podíamos imaginar, por mais que se repetisse a cada vez, e se punha a transitar por toda a casa, a deslocar móveis, a abrir espaços, a se livrar de qualquer obstáculo que o pudesse perturbar. Irrompia também da casa, atravessando vários bairros em suas perambulações, adquirindo adereços festivos, instrumentos musicais, grandes caixas de som, encontrando velhos amigos e amigos novos, e novos amigos de amigos, convocando todos para seu evento com a maior efusão. A cozinha, que raras vezes o víamos frequentar, tornava-se então sua fortaleza, onde ele se escondia atrás de grandes barricadas erguidas com caixas de carne e bebida, uma quantidade imensurável de caixas que ele não se cansava de ordenar.

Havia um prazer em vê-lo, nesses seus aniversários, transformar em ação sua passividade acumulada, transgredir a reclusão e se tornar tão sociável — um prazer em ver o que nele era mesquinho se convertendo em prodigalidade. Um prazer próximo do alívio, é verdade, a percepção de uma alegria inesperada em seus modos, se não alegria algo que se assemelhava a ela, uma euforia que tratávamos de acompanhar com algum esforço. Por duas ou três horas ficávamos todos ali, animados por sua animação, rindo seu riso, até um limite impreciso que já não conseguíamos cruzar. Quem acompanhasse seu ir e vir incessante nas horas seguintes muito se impressionaria com a quantidade de bebida e carne que aquele corpo franzino era capaz de suportar. Aos poucos, bem antes disso, o prazer que sentíamos se fazia receio, logo alguma angústia que não assumíamos mas que motivava em segredo cada uma das nossas partidas. Discretamente, em meio à festa que não prenunciava seu fim, toda a euforia já transformada em dissipação perceptível, meus pais se recolhiam ao quarto, minha irmã lhe dava um beijo e saía, eu inventava alguma razão para deixar a casa, e assim desertávamos o espaço que ele se esforçara em preencher.

Quanto tempo durava cada festa não sei bem; sei quanto durou aquela em que retornei. Nessa noite, enquanto cuidava de me distrair, perdi uma série de ligações traduzidas em mensagens que expressavam uma aflição desmedida, quase um desespero que não pude entender. A festa se prolongava demais, era o que diziam, a festa exorbitava de música e tumulto e vozerio, meu irmão bebia sem controle, minha irmã tinha um exame importante logo cedo, queria estudar e não podia, queria descansar e não podia, meu pai dissera algo impensado ao meu irmão, meu irmão, dizia meu pai, explodira. Quando cheguei, a situação já transcendia qualquer explicação que as mensagens oferecessem; tudo era quase normal, a festa seguia em sua pulsação potente, mas os olhos da minha irmã, e do meu pai, e da minha mãe, diziam uma tristeza que suas palavras não conseguiam dizer.

Nunca soube ao certo o que aconteceu naquele dia. Ouvi suas palavras como quem ouve um enredo improvável, embora convencido de que não mentiam. Percebi que esperavam de mim algo que estava muito além das minhas possibilidades, uma mediação que me parecia impossível. Fui atrás do meu irmão no meio de toda aquela gente e, antes que o visse, ele já vinha em direção a mim. No meio da sala paramos os dois, seus olhos eram vermelhos e azuis, seus olhos eram coléricos e cristalinos. Não sei se o que entendi naquele momento foi o que deduzi dos olhos ou o que suas palavras disseram. Eu não sou como vocês, acho que ouvi, e acho que seu tom era raivoso e triste. Eu não nasci para ficar pensando e lendo e estudando a vida inteira. Tudo bem que se decepcionem comigo, eu sei que não é isso que eles querem, eu sei que não sou o filho-modelo, mas não posso curtir só hoje a minha própria festa? A casa não é minha também, não posso ocupar a casa do meu jeito, com a música que eu quiser? Aqui pode ter ruído também, aqui pode ter barulho também, isto aqui não é uma biblioteca. Porra, eu fiz merda, eu sei que fiz merda, mas ele também fez merda, eu fiz merda porque ele fez merda, porque elas também fizeram merda, porque todo mundo fez merda.

Não, isso é ficção, e nem sequer das mais convincentes. Não lembro bem, não lembraria o que disse o meu irmão — não posso lhe atribuir um discurso preciso demais, ou vago demais, um discurso extraviado no excesso ou na escassez de sentido. Lembro que por um instante estivemos ali, num diálogo abafado pela intensidade do ruído, um diálogo entre o desconsolo e a compaixão, entre a compreensão e o grito aflito. Lembro que dessa vez eu soube lhe dar razão, precariamente exprimi algo que de alguma forma o sossegou, e em seu sossego também encontrei o meu, efêmero e imprevisto. Não saberia dizer quem primeiro oscilou o corpo, quem se escorou no outro que o envolveu com braços rijos — não saberia dizer o que não nos importou. Importa que nos abraçamos como não fazíamos havia muito tempo, e choramos como não fazíamos havia muito tempo, como não me lembro de jamais termos feito.

Senti então que um amigo seu nos puxava pelos cotovelos, brincando que por hoje estava bom, que nos esperava agora mais uma cerveja. Dessa vez fiquei a festa inteira, e pude ver como um a um seus amigos partiam, já tão tarde, distraídos, deixando-lhe sempre um breve afago nos ombros, carinhoso e sincero.

34.

Tive outro irmão, embora o mais exato seja dizer que não tive outro irmão — que só meu irmão teve outro irmão, e talvez nem ele. Tive outro irmão que não conheci, que ninguém conheceu, que só minha mãe pôde sentir na intimidade de seu corpo, pôde acolher em seu ventre, um irmão que morreu pouco antes de nascer. A dor dessa história sempre me eludiu, acho que nunca fui sensível o bastante para assimilar ou compreender. A dor dessa história eu reluto em referir, como se aqui invadisse domínios que não me dizem respeito, como se contrariasse minha mãe sem saber por quê. Uma coisa eu não quero que você inclua no livro, ela me disse certa vez: Não diga que eu só consegui engravidar no Brasil. Não queria que alguém pensasse, foi o que entendi de suas reticências, que sua impossibilidade anterior carecia de causas concretas, que era apenas uma resposta psíquica à situação que eles viveram. Não queria que alguém julgasse, foi o que deduzi sem nada dizer, que havia culpa em não conceber um filho e que essa culpa era dela. Mas ainda que fossem simples as razões, ainda que fossem unívocas como nunca chegam a ser, que causa poderia ser mais concreta do que aquela tenaz incerteza, a vida como um fio tenso prestes a se romper? Que outro elemento a redimiria mais dessa culpa, de todo modo inexistente?

Por anos minha mãe se esforçara em engravidar, frequentara consultórios diversos, se submetera a tratamentos que se alardeavam os mais modernos — desse processo, repito, disponho apenas da descrição fatigada e genérica. Chegando ao Brasil, já com uma criança a cortar com seu choro o longo silêncio do quarto ao lado, já com um filho a ocupar com seu corpo o vão aberto pelos velhos anseios, chegando ao Brasil, embora assim não precisasse ser, a promessa de tantos médicos enfim se cumpriu. Imagino então essa mulher diante do espelho, as mãos pousadas sobre a saliência desenhando um novo útero em torno do umbigo, sentindo a criatura a se constituir lentamente sob seus dedos. Imagino essa mulher com o passar dos meses, observando com zelo a expansão gradual de sua silhueta, acostumando-se aos movimentos do bebê, ora sutis, ora violentos, percebendo um novo foco do mundo a se concentrar dentro dela, descobrindo a estranha plenitude de ser dois sob a mesma pele.

Imagino minha mãe grávida de nove meses, preocupada com a quietude incomum do filho por nascer, voltando da praia às pressas a caminho do hospital, afirmando a si mesma e ao meu pai, já sem muito acreditar, que tudo ficaria bem. Não posso imaginá-la, porém, recebendo a notícia da morte do feto, a morte do filho que já tinha nome, já tinha cama, teria em breve um lugar à mesa, não posso ou não quero imaginar seu sofrimento. Por uma semana ela ainda teve que carregar o filho inerte em sua barriga, numa vagarosa despedida de tudo o que era ou poderia ser, do menino ou do projeto de menino, do filho ou de sua quimera. Uma vagarosa despedida culminando no parto mais triste que se possa conceber, o parto de um filho morto, ou do desejo agora morto de parir um filho. É ela quem fala, eu a ouço falar, de seu desalento. É ela quem conta ter se trancado na casa e não ter querido mais sair, ignorando os apelos do marido, entregue por um ínfimo momento ao desespero. Mas havia um menino ali, tímido como não costumava ser, guardando um silêncio sensível, observando-a com olhos tristes e menos chorosos do que outras vezes. Havia um menino ali, um filho a exigir seu cuidado, a suplicar sem palavras que ela o tomasse nos braços, neste instante, agora mesmo. E, naquele instante, naquele agora, quando ela o tomou nos braços, foi ele que a protegeu, foi ele quem calou com carícias o desabrigo implacável que a atormentava desde a perda. Havia uma justiça tortuosa naquele duro acontecimento: ela tivera uma gravidez completa, dera à luz um menino, e agora carregava um menino nos braços, pele contra pele seu filho, numa estranha plenitude que ninguém poderia romper.

Nunca senti falta desse irmão que não tive — pelo contrário, sua existência impossível costuma suscitar em mim algumas dúvidas impertinentes. Quantos filhos você queria ter?, pergunto à minha mãe, e ela responde sem titubeios que sempre quis ter três, talvez para se afirmar realizada e garantir a cada um de nós um lugar preciso em seu projeto. Não pergunto o que teria sido de mim, o terceiro, se esse outro filho houvesse sobrevivido — controlo meu narcisismo e não quero soar tão infantil. Mas penso às vezes que, se esse irmão existisse, este livro não existiria, ou talvez ele o escrevesse.

35.

No álbum de fotos, há uma foto da minha mãe ordenando o álbum de fotos. Curioso registro de uma memória a se montar, de uma existência longínqua a se converter em narrativa numa sequência artificiosa de imagens; curiosa noção de que haveria algo de memorável na própria constituição da memória. Meu irmão, aos três ou quatro anos de idade, se debruça sobre o álbum com interesse notável, ou se debruça sobre as mãos da minha mãe a ordenar o álbum. Talvez comece a assumir o estranho hábito de se reconhecer na figura de outro, seja esse outro seu pai, sua mãe ou ele próprio. Talvez comece a aprender o estranho exercício de se intuir em identidades várias e se contar — exercício que tanto ele tentará evitar anos mais tarde. Ao vê-los, me limito a pensar o óbvio: que este meu relato vem sendo construído há tempos pelos meus pais, que pouco me desvencilho de sua versão dos fatos. Ao vê-los, sinto que sou em parte um ser que eles moldaram para contá-los, que minha memória é feita de sua memória, e minha história haverá sempre de conter a sua história.

Viro a página e vejo meu pai deitado numa cama de lençóis amarfanhados, um livro aberto com a capa dobrada para trás, para que ele possa segurá-lo com uma das mãos enquanto com a outra leva à boca um cigarro. No átimo da foto ele não lê o livro: vira o rosto para contemplar o meu irmão, aos três ou quatro anos, deitado ali ao lado. Com sua mão diminuta o menino tenta equilibrar o livro ao alcance dos olhos. Entre seus lábios finos, um lápis se faz longuíssimo cigarro, que ele aspira distraído, ou fingindo se distrair com o livro impenetrável. É quase inexpressivo o rosto do meu pai, meio coberto pela mão espalmada e contorcido pela aspiração do cigarro, mas ainda assim enxergo nele um orgulho indisfarçado, um prazer em se fazer modelo, em ver que o filho se empenha, comicamente, em imitá-lo. Como agora eles têm tão pouco em comum, é o que exclamo em silêncio, ressalvados os olhos azuis confundidos por tantos. Em que momento meu irmão preferiu se distinguir daquele homem, deixar de se reconhecer em sua figura, desertar seus gestos e hábitos?

Talvez meu irmão sempre tenha tido um jeito próprio de exercer sua militância, é o que penso em seguida, numa tentativa descabida de repactuar suas similaridades. Simples e expressiva é a anedota que me sobrevém à memória: acontece numa das muitas tardes em que meu pai está fora, minha mãe está em casa, fechada com um paciente no quarto que fizera de consultório. É possível que só essa circunstância já incomode um menino tão novo, mas convém acrescentar que minha irmã nasceu há poucos meses, e suponho que isso possa provocar em meu irmão uma inquietação suplementar — embora nas fotos com o bebê ele se revele bastante carinhoso. A anedota é ínfima e tem a opacidade própria de toda história que merece ser contada. Acontece numa tarde silenciosa: meu irmão abre a porta do quarto-consultório e, sem dizer nada, sem invadir o espaço que lhe era proibido, sem tentar alvejar nem a mãe-psicanalista nem o paciente emudecido pelo ato, arremessa com toda a força uma grande maçã argentina, maçã espatifada no piso de tacos.

Meus pais se divertem ao contar essa história; eu me divirto toda vez ao escutá-la. Depois pergunto, sem muita certeza da necessidade, se eles chegaram a saber o que perturbava o menino, qual era sua militância, por que causa ele se manifestava — se, ali onde a luta deles se encerrava, meu irmão iniciava a sua. Ele não explicava muito, você sabe, algum deles responde em tom sossegado. Seu irmão sempre preferiu os atos às palavras. Eu me alongo então numa lucubração sobre a possível dificuldade em lidar com um filho que não se parece com eles em quase nada, sobre os conflitos que podem surgir quando se está submetido a tal imprevisão, a tal instabilidade, à quebra constante de expectativas, à potência do inesperado. A tempo meu pai me interrompe: Você acha que só seu irmão é diferente de nós, imprevisível, instável? Acha que algum filho se deixa moldar? Todo filho excede o que se concebe como filho. Nenhum de vocês jamais foi o que imaginávamos, nenhum cumpriu o que dele se esperava, e nisso sempre se escondeu a graça.

36.

Tem um epílogo a história política dos meus pais, ou o que se convenciona chamar de história política — a militância obstinada, a ação combativa, a participação em movimentos coletivos. Poderia dizer, sem me furtar a certa melancolia, que tem um epílogo seu inconformismo, a insubordinação dos meus pais a um sistema que outros definissem. Epílogo que talvez seja, a um só tempo, o início do processo que faria deles os seres pacatos que conheço, profissionais dedicados, chefes de família diligentes, adultos que sentam à mesa a cada noite e revolvem com paciência o chá de suas xícaras.

Esse episódio com ares de derradeiro há de ter ocorrido no começo dos anos 1980, a família de cinco composta por fim, não mais clandestina, instalada oficialmente no Brasil graças à filha que nascera e lhes rendera a permanência. Uma família feliz, como alguém poderia inferir, semelhante a todas as famílias felizes, mas visitada ainda pelo sentimento do exílio, um vento frio a lhes trazer dores longínquas, a sussurrar em seus ouvidos relatos de um horror sem término iminente. Em sussurros veio também a convocação imprevista, entoada em surdina por alguns companheiros, vozes que se sucediam a defender que ninguém podia ficar assim, tão tranquilo e indiferente, que era tempo de voltar a se reunir, que alguma coisa era preciso fazer e agora aparecera quem os pudesse conduzir.

Encontraram-se no Parque da Água Branca, tal como definira uma voz mais etérea, voz que fomentava as outras e cuja origem quase todos desconheciam. Contam meus pais, cada um à sua maneira, terem se agitado muito com aquela perspectiva, terem recobrado a inquietude que o bem-estar brasileiro parecia diluir, algo do fervor em participar do presente, em deixar de ignorar sua larga ruína. Encontraram-se ao amanhecer no Parque da Água Branca, recolhidos debaixo de uma seringueira, dez ou doze pessoas com pernas trêmulas e expressão apreensiva. Um sujeito então se sobrelevou ao grupo com autoridade indiscutível e se pôs a falar com urgência sobre a urgência em agir, em dar o golpe fatal nos milicos, derrubá-los a qualquer custo numa ampla investida, frases que ele encadeava sem ênfase enquanto mergulhava o braço em sua mochila, enquanto sacava algo como uma granada à luz da manhã que rompia. A granada tem um funcionamento simples, sua voz se fez assertiva, basta puxar no momento exato esta cavilha, acionando a espoleta, que se incendeia e detona a carga explosiva, isso depois, é claro, de vocês a lançarem com mão firme. Manuseiem com discrição e cuidado, sintam a forma e a textura, sintam o peso da pólvora, calculem a força necessária para atirá-la a uma distância segura, a maior distância possível.

Minha mãe com uma granada nas mãos, minha mãe como não a concebo, não pôde senão sentir quanto aquilo era absurdo, quanto contrariava seus princípios, quanto ardia contra sua pele um objeto tão sinistro. Meu pai, recebendo das mãos dela aquele peso, ouvindo-a cochichar com raiva que aquilo era ridículo, notando que ela estava prestes a ir embora, soube então que tudo o que queria era acompanhá-la, que nada restava para fazer ali. Nisso se perdia o movimento, esbravejavam ao se afastarem do parque com algum alívio, esbravejam ainda quando o relembram. Nisso a luta pervertia seu sentido, nesse belicismo, nessa inconsequência, nesse fatalismo. Queriam a revolução, aqueles sujeitos, ou companhia para o suicídio?

Não, não tem um epílogo a história política dos meus pais. Seu inconformismo tem contornos mais discretos e a um só tempo mais nítidos: sua militância sempre se manifestou no hábito de questionar, disputar, discutir. Agora que assim os vejo, sinto que não me diferencio, ou que neste momento não o desejo. Agora que a descrevo assim, sem a ficção que a enleve, a arma volta a perder qualquer fascínio. Estou com meus pais enquanto deixam o parque, deixo para trás o que não conheci. Que se limite a insubordinação ao ato reflexivo, tudo bem, à mesa da sala tomo um gole do chá que tanto revolvi. Jamais quereria ter uma arma nas mãos, e dizê-lo é também uma ação, também constitui uma história política.

37.

Estou com meus pais à mesa da sala, observo seus rostos oscilando entre a rendição e o desassossego, vejo nos ombros da minha irmã o abatimento costumeiro. Já nem sei há quantas horas estamos sentados os quatro à mesa, discutindo meu irmão, quantas horas nesta semana, neste mês, neste ano, não sei mais há quanto tempo, desde quando discutir meu irmão se tornou esta vertigem, este ato cotidiano, este dado incontornável da existência. Que mais haverá a dizer sobre sua distância, sua inanição, sua resistência, sua vida despendida na solidão, vida interrompida pela paralisia e pelo silêncio. Quanto mais podemos nos preocupar também com seus movimentos ocasionais, seus aparecimentos bruscos, suas saídas intempestivas por uma cidade que se faz antítese do quarto, cidade onde ele encena cada vez com mais ímpeto seus arroubos de incontinência. Aonde vai quando sai nós não sabemos, com quem vai, o que faz, por onde se perde. Quando volta, se encerra no quarto e ali nos deixa a aventar hipóteses inconsistentes, padece de algum sofrimento remoto que não reconhece, foge à família porque sente uma raiva incerta, porque se choca contra alguma barreira inexistente, porque não quer encarar nossa diferença. Ou somos nós que não podemos suportar sua alteridade, não sabemos compreendê-la, nunca conseguimos aprender quem ele é, e todas estas palavras insistentes são o fruto precário dessa insuficiência, uma distração inútil, um exercício de autocomplacência, uma compensação pelas palavras mais precisas e justas que somos incapazes de lhe dizer. Ou não, alguém difere, não sejamos tão autocríticos, talvez conversemos tanto sobre ele como um gesto de carinho em desespero, por querer tê-lo entre nós ainda que ausente. Talvez, alguém assente. Talvez fosse bom que ele frequentasse um analista, qualquer um de nós sempre sugere, e a ressalva que os outros levantam é conhecida por todos há muito tempo, ele não aceitaria, ele nunca aceita. Levá-lo à terapia a contragosto de nada serviria, além de ser uma violência. Juntos relembramos, sem precisar quebrar a mudez passageira, aquela fase distante de sua adolescência, aqueles longos anos em que ele frequentara um analista, em que pouco ou nada evoluíra apesar de tanto cuidado, de tanta expectativa. E o analista a convocar meus pais para uma conversa e a se surpreender com a informação faltante, a adoção, algo tão importante, não, ele não disse nada, como ele podia ter passado tantos anos em análise nessa omissão gritante, como falar abertamente de si, por tantos anos, sem nunca contar uma coisa dessas? E retornamos ainda uma vez, o caso é que ele se fecha, está fechado no quarto, está fechado em si mesmo, e parece que não adianta tentar chegar perto dele, que isso aumenta sua raiva, como se só bater à porta e lhe dar bom-dia já o invadisse, como se assim alguém quisesse privá-lo do isolamento que ele criou para si e no qual ele encontra seu alívio, seu consolo, seu esquecimento, o que quer que seja que o mantém vivo, o dado incontornável de sua existência.

E então, numa madrugada qualquer, enquanto todos dormimos solenemente, quiçá esquecidos enfim de sua ausência, meu irmão chega de onde quer que estivesse e bate o carro com força contra a calçada da casa, contra a grade, contra a casa. Não sei se alguém ouve alguma coisa, não sei com que passos tão leves meu irmão se esgueira até a cama sem que ninguém o veja. Só no fim da manhã, ao acordar, fico sabendo da ocorrência. Nunca antes ele bateu o carro, minha mãe comenta. Não foi nada grave, a casa está firme, o carro só amassou na frente, meu irmão está apenas dormindo, mas caberá dizer que está tudo bem? Bater o carro contra a própria casa: quem se esquivará de reconhecer essa raiva, quem deixará de ouvir tão estrondoso apelo?

38.

São como as manhãs em que partilhávamos o quarto, acho, são como eu invento na memória aquelas manhãs, uma oscilação constante entre o silêncio e o lapso, entre o constrangimento e o sobressalto. São assim as sessões de terapia familiar, tão recentes e no entanto tão imemoráveis — impressionante que tão cedo eu já não as possa recordar, que me exijam este esforço de imaginação, que tanto eu desconfie do que tenho para contar. São sessões de terapia familiar, nada mais: setenta e cinco minutos que passávamos a cada semana na mesma sala, observados por um desconhecido espectral, trocando olhares inibidos e frases mal pensadas. Setenta e cinco minutos em que tanto falávamos, em que tanto calávamos, temendo dizer e temendo não dizer o essencial.

Um desvio, um subterfúgio, nos guiara até lá. Se ele não aceitava a terapia individual, algum de nós suspeitara, talvez estivesse disposto a nos acompanhar, talvez se engajasse no processo e já não quisesse escapar, talvez em pouco tempo sumíssemos e o deixássemos falar a sós. Era com boa intenção que o enganaríamos, eu preferia pensar, sem saber ainda, sem entender ainda, que só enganávamos a nós. Era para nós aquela terapia, era entre nós que algo se iniciava, ou que algo se rompia, éramos nós os que devíamos contrariar nossa resistência, nossa imobilidade, nossa mudez seletiva. E porque éramos ignorantes, porque ainda não o sabíamos, acabávamos por nos perder em lucubrações irrelevantes, em comentários dispersivos, adiando tanto quanto possível qualquer aceno seu, qualquer pronunciamento, por mais atentos que estivéssemos à poltrona em que ele se recolhia — a mais distante do sofá em que estávamos sentados, a mais próxima do homem que nos ouvia.

Foi então que meu irmão se pronunciou como jamais imaginaríamos. Não lembro as palavras que ele disse, palavras menos importantes do que o efeito que produziram. Lembro que, enquanto ele falava, enquanto enumerava uma infinidade de pequenas mágoas, de incômodos que o visitavam dia a dia, enquanto recuperava com crescente rancor os muitos erros que havíamos cometido, as muitas distrações repreensíveis, meu pai sempre tomado pelo trabalho, minha mãe consumida por tensões dos pacientes e exigências da rotina, minha irmã afogada na residência em pediatria, eu dispersando minha atenção em qualquer livro, lembro que, enquanto meu irmão acusava absurdamente que ninguém lhe dava ouvidos, ninguém se preocupava, ninguém queria saber se ele estava bem, se do outro lado da porta, ou da casa, ou da cidade, ele subsistia, lembro que, enquanto ele falava, algo em mim recobrava o sentido. Suas palavras eram mais justas que as minhas: em suas palavras, o que era ele se fundia no nós em que eu tanto insistia, um nós tão parcial e imperfeito, um nós que o excluía. Ali, ouvindo meu irmão se exaltar aos olhos neutros de um desconhecido, lembro ter sido tomado por um velho sentimento, lembro ter sentido que estávamos em família.

39.

Como ele pode ignorar que estávamos ali, minha mãe se indigna, ou meu pai se indigna, que estávamos sempre ali atentos ao outro lado da porta, que por alguns minutos a cada manhã éramos seres feitos de pura expectativa, aguardando com ansiedade sua saída e ensaiando mentalmente as palavras que lhe diríamos, o tom preciso de cada palavra, o meneio da mão lhe pedindo um beijo, a calidez sensível da acolhida. É claro que nem tudo o que lhe dizemos são palavras dóceis, minha mãe ressalva, meu pai ressalva, às vezes é preciso um tom mais forte, uma nota ríspida, sobretudo quando se vê um filho assim alheio, assim pesaroso, assim rendido. Sobretudo quando se sente que o filho consome sua existência num inelutável vazio, e parece que esse mesmo vazio nos consome, nos contagia. Sobretudo quando nos toma esta impotência e parece que nenhum esforço jamais será suficiente, jamais foi suficiente, nenhum de nós foi suficiente, e nos visita esta frustração, este fracasso tão eloquente — isso eu já não sei quem diz.

Mas todo filho é uma organização em marcha, não foi assim que Winnicott definiu? Todo filho independe dos pais para acordar, e caminhar, e sair do quarto, e entregar-se à vida. Há uma centelha vital em cada filho, diz Winnicott ou o analista: algo está em marcha naquele ser que por si mesmo existe, algo está em marcha e nem pai nem mãe são responsáveis por isso. Claro, os pais têm a função de construir um ambiente saudável, prover o necessário, proporcionar estímulos, mas talvez caiba entender por fim que seu compromisso se esgota aí, que nem todo problema tem um erro em sua origem. Nem tudo é tão simples que envolva uma culpa, cuja expiação vocês jamais alcançariam. É fictício, sugere o analista, ou talvez devesse ser fictício, esse vazio que vocês sentem, essa frustração, essa impotência, essa dura noção da própria insuficiência. Que erro tão fundamental vocês teriam cometido, afinal, para que ele agora estivesse assim?

E então sou eu que me arrisco, ou minha irmã que se arrisca, a trazer à tona aquilo que por um instante ficou esquecido, o fato de nosso irmão ser adotado, ter sido adotado, ser filho adotivo. O que tento dizer, ou minha irmã tenta dizer, é que talvez meus pais se sintam assim por terem tão ativamente assumido, num dia distante, a missão direta de se incumbir dele, de garantir que aquele menino ficaria bem, e agora, não tendo a certeza de que conseguiram, se deixam abater por esse desalento, ou se deixam tomar por essa inquietação, por esse desejo de movê-lo ainda que ele não deseje se mover. Mas nunca chego a dizê-lo, às palavras falta fôlego ou falta tempo, porque, no instante em que começo a falar, quem se indigna é meu irmão, não, não tem nada a ver, ele interrompe com aspereza, o que isso teria a ver com qualquer coisa, não tem nada a ver, não tem nada a ver, ele repete tantas vezes que sua mensagem acaba por se perder, se confundir, se inverter.

40.

Há na família uma história anterior de adoção, uma história que agora surge como se a conhecêssemos desde sempre, como se fizesse parte de um repertório amplo que porventura nos pertence. É minha mãe quem se põe a contá-la em tom ameno, embora mais que amenidade pareça haver em sua voz certa contenção, um cuidado incomum talvez, uma atenção prudente às palavras e noções que possam subvertê-la. Muito tempo atrás meu bisavô teve uma filha que faleceu cedo — uma filha que levava o mesmo nome que minha mãe, como ela ressalta com estranhamento mas sem explorar a coincidência, sem muito indagar que insólita relação se criaria entre as duas. Para mitigar a dor da perda, ele adotou outra menina, deu-lhe um nome diferente mas tratou de criá-la com as mesmas referências, a mesma linhagem longínqua, o mesmo mito de uma origem precisa, uma concepção idílica, um parto perfeito. Para poupá-la saiba-se lá do quê, meu bisavô nunca chegou a revelar a trama que ali a trouxera, nunca chegou a lhe dizer que era filha adotiva. Dezoito anos se passaram até o momento da descoberta, dezoito anos como costumam se passar nas lendas, até um acontecimento confuso que a tudo altera, algo como uma viagem à Europa e a exigência de um documento. Tinha dezoito anos a menina quando descobriu o que lhe haviam negado a vida inteira. No desfecho o relato se acelera, como se a pressa pudesse aliviar seu peso: sem escândalo, sem confronto algum, a menina se casou com o primeiro pretendente, partiu e não voltou para casa, sem dizer mais nada desapareceu.

Ouço essa história com parco interesse, a princípio não quero entendê-la. Há uma moral fácil a ser deduzida, é mais um entre os muitos exemplos da inépcia de que padecemos, da incapacidade de aceitar as composições diversas que uma família pode assumir, aceitar que nem sempre seguem um modelo. Depois creio entender algo mais íntimo: que desse caso ancestral, desse destino desgarrado, desse triste desfecho, meus pais sempre quiseram proteger meu irmão, ou sempre quiseram se proteger. Desde cedo se empenharam em contar quem ele era, de onde vinha, evitaram dúvidas imprevistas, precárias descobertas. Desde cedo cuidaram de lhe dar o que queria, garantir um acolhimento absoluto, prevenir qualquer aborrecimento. Nem assim puderam se poupar, porque não poderiam, de uma eventual fuga intempestiva, de uma distância maior que ele resolvesse impingir, de um novo desaparecimento. E por um instante me pergunto, embora não deva, embora não queira lhes fazer uma injustiça, embora me cale e saia em silêncio da sessão, quanto não convém aos meus pais essa presença irrestrita do filho, essa proximidade porta adentro. Quanto sua imobilidade, sua imutável dependência, não os protege de um velho receio, de um medo mítico. Quanto a batalha que agora eles travam em nome do filho não é uma batalha contra si mesmos.

41.

Alguém recorda, não sei se minha mãe, se meu pai, se o analista, alguém recorda que Winnicott teve um filho adotivo. Não um filho adotivo, outro corrige, algo como um filho adotivo, um menino sob seus cuidados por algum tempo, um órfão refugiado de guerra que não se adaptara ao abrigo. É sobre o ódio que Winnicott fala quando o descreve: ainda que encantador em alguns momentos, o menino é indomável e agressivo, fonte constante de exaspero, o menino faz da vida do casal um inferno. Passa os dias numa procura inconsciente dos pais perdidos, é o que ele interpreta, rejeita o carinho de quem o recebe, submete a provas constantes o novo ambiente. O ódio não vem apenas do menino, o ódio se apoderou também dele, é o que o pai ocasional percebe, e é justamente essa aversão intensa que o menino quer conhecer. Só quando testemunhar esse ódio, poderá confiar no amor que os novos pais têm a oferecer, saberá que a relação ali existente não é benevolência ou caridade vulgar. Compreendendo enfim, aquele homem tornado pai, a necessidade de extravasar seu sentimento, revolta-se com os desmandos do garoto, reprime suas ingerências, chega mais longe ainda: expulsa o menino de casa e ordena que só volte quando souber se comportar bem. Muitas vezes a expulsão se repete, à noite, na chuva, no inverno; o menino retorna sempre, cada vez mais apegado à família, cada vez mais filho.

O que a história representa, deslocada de seu contexto, também não se esclarece fácil. Ninguém está dizendo que a situação é tão extrema, ninguém advoga por essa brutalidade, ninguém defende essa antiquada rigidez paterna — minha mãe, meu pai, o analista, quem quer que tenha evocado a parábola sofre agora para se fazer entender. Tampouco está sugerindo que seja ódio o que meu irmão sente, ou que ele padeça da ausência de uma mulher qualquer, de um homem qualquer, dos dois sujeitos quaisquer que o conceberam — ninguém propõe nem isso nem o contrário, que sua reclusão seja uma recusa a procurar esses sujeitos. Só o que defende aqui é a necessidade de se opor ao filho sempre que parecer pertinente, de rejeitar sua rejeição, recusar sua recusa, negar sua negação à convivência. Só o que cogita aqui é se não haverá, ante a primeira indefinível retração, uma retração inversa: se foi meu irmão quem se fechou no quarto, ou se fomos os outros que nos fechamos no resto da casa, no resto do mundo, em qualquer lugar que não fosse o quarto dele. Para expulsá-lo dali, é o que alguém conclui do centro de uma ampla mudez, será preciso bater à porta, será preciso entrar primeiro.

Ouvi o que disse esse alguém ou ouço agora pela primeira vez? Precisei me isolar nesta cidade velha, precisei me pôr a escrever velhas histórias, para ouvir finalmente o que meu pai, o que minha mãe tinha a dizer, sua dúvida aguda, sua sagaz incerteza? Expulso do quarto do meu irmão há tantos anos, por que eu nunca soube retornar a ele? Por que me demoro tantas chuvas, tantas noites, tantos invernos, para voltar e bater à sua porta, para me fazer mais irmão do meu irmão, para abraçá-lo ainda uma vez? Por que nunca pude esquecer, por que tão longe eu quis me refugiar, e em nome de quem, em benefício de quem, por ódio de quem, à procura de quem?

42.

Vocês falam demais, vocês falam demais e não veem.

Que poderosa transformação pode se dar na mente de alguém, que intenso processo acontece detrás de uma expressão impassível, de uns olhos vagos, de um rosto neutro. No corpo que em tudo encarna a indiferença, num corpo vazio de qualquer palavra e qualquer aceno, num corpo esvaziado forçosamente, há tantas vezes algo que se alimenta, há algo que se deixa gestar em silêncio. Algo que nenhum de nós conhecia, algo que não soubemos distinguir a tempo. Nenhum de nós notou sua impaciência crescente, nenhum de nós flagrou no tremor de seus dedos a contagem dos dias, a ansiedade com que meu irmão aguardava cada nova conversa contida, cada nova controvérsia, cada sessão de terapia.

Vocês falam demais, vocês falam demais e não veem, foi o que ele acusou numa manhã em que mal nos veríamos, uma manhã em que cada um se preparava para seguir seus caminhos prévios. Estávamos à mesa tomando o café quando ele lançou sua frase intempestiva, como quem lançasse uma granada ou uma maçã argentina, como quem havia muito precisasse se fazer ouvir. Em segundos estávamos todos enfim em seu quarto, ocupando todo o espaço que nos era proscrito, escorados na parede, na cama, na escrivaninha, assombrados com sua euforia, acompanhando ou tentando acompanhar a afluência inaudita de suas palavras, tão fartas que nos paralisavam, nos entorpeciam. Vocês sabem ou fingem que sabem tanta coisa e não entendem. Não conseguem entender o que é viver esta solidão terrível, solidão absurda porque cercada, amparada, perseguida. Vocês não sabem o que é sofrer esta paralisia, sentir que todos têm aonde ir enquanto eu fico aqui, no mesmo lugar de sempre e ainda assim perdido, parado atrás da porta, com a chave na mão, sem conseguir abrir. Vocês não podem imaginar o que é a repulsão pela porta, o que é a atração por essa janela enorme, essa vidraça enorme, essa sacada, o que é se debruçar nessa sacada depois de um dia de absoluto vazio, o que é ouvir do chão qualquer coisa que chama, o que é sentir essa vertigem. Vocês não sabem o que é sair à noite, finalmente conseguir sair depois de toda essa aflição sem medida, o que é pedir qualquer coisa forte, sentir o impacto dessa força e seguir, pedir de novo essa coisa e seguir, vocês não sabem o que é querer se destruir.

Não eram essas as palavras, pouco sei das palavras, mas era isso que meu irmão dizia, agitado como nunca o tínhamos visto, incapaz de se decidir por um ponto específico do quarto, por uma posição, por um foco para seu olhar errático, para seu desabafo incontido. Vocês se preocupam, eu sei, vocês também se afligem, mas a aflição de vocês dura um minuto e passa, dura uma hora e passa, vocês se distraem e continuam a vida. Algum dia, muito tempo atrás, agora ele falava à minha irmã e a mim, agora seus olhos esqueciam a cólera e se faziam tristes, algum dia vocês se distraíram, vocês continuaram a vida e me deixaram sozinho aqui. A gente vinha junto até então, um dia a gente estava junto e no outro dia era cada um por si — literatura, medicina, qualquer desculpa servia.

Vocês não conseguem entender como é. É como uma agulha que alguém vai enfiando na sua veia e parece não ter fim. Por trinta anos alguém força essa agulha pele adentro, por mais de trinta anos alguém vai enfiando essa agulha na sua veia sem você perceber, você só sente a dor e não sabe de onde vem. E, mesmo quando você se dá conta, quando por fim você vê, de nada adianta tentar tirar aquela agulha porque agora ela é parte do seu braço, e vai surgindo um medo cada vez maior de que apareça outro querendo tirar a agulha e acabe arrancando com ela uma parte do seu corpo. E enquanto meu irmão batia a palma da mão no antebraço, a pele a cada golpe um pouco mais vermelha, enquanto eu tratava de compreender que agulha era aquela, quem era aquele alguém que lhe enfiava uma agulha, que substância despejava em sua veia, quem era o outro que lhe arrancaria o braço com tanta violência, enquanto me empenhava em decifrar tudo aquilo que eu não entendia e jamais seria capaz de entender, meu irmão soltou a frase que não pude esquecer, a frase que me trouxe até aqui: Sobre isso você devia escrever um dia, sobre ser adotado, alguém precisa escrever.

Nessa tarde não saímos de casa, mas não voltamos àquele quarto, nem meu irmão voltou ao quarto, ficamos todos na sala enquanto ele convocava os amigos próximos, com tal urgência no tom que quase todos acudiam rápido. Eu só queria contar para vocês que sou adotado, meu irmão explicou com um misto de solenidade e pesar, a voz sutilmente embargada, uma vergonha inexplicável que ele não conseguia ocultar. Talvez eu não devesse confiar tanto na memória, talvez minha impressão seja falsa, mas lembro que nessa ocasião não houve alarde ou constrangimento, não houve olhares disfarçados, não houve ânsias desnecessárias. E daí?, perguntou o primeiro, espalmando as mãos e encolhendo os ombros. Que diferença isso faz?, emendou outro com ar despojado. A gente sabe faz tempo, mas quem se importa?, nunca nos importou nem um pouco, disse um terceiro que já se levantava para ir embora.

Era alívio o que meu irmão sentia ao vê-los partir, ou seria apenas cansaço? Se era cansaço, sua origem devia ser muito anterior aos acontecimentos daquele dia, muito anterior à turbulência verbal — aquele era um cansaço ancestral. Nessa noite, embora exaurido, embora a euforia cedesse a uma prostração inapelável, meu irmão não quis dormir em seu quarto. Pusemos um colchão ao lado da minha cama, ele se deitou e por um longo tempo notei que não fechava os olhos, e pensei que seus olhos nada tinham de vagos, eram a superfície vítrea de uma líquida profundidade. Quando acordei, no meio da noite, sentia algum toque sobre meu corpo: era o braço que meu irmão estendia de um colchão ao outro, era sua mão apoiada em meu peito.

43.

Releio agora a narrativa desse episódio, desse clímax da nossa história, e lamento por um instante ter me esquecido de falar das lágrimas: como se contar quanto chorávamos enquanto meu irmão explodia em verbo pudesse alterar o sentido de tudo, ou pudesse aumentar sua intensidade. Depois me refaço e me vejo a indagar por que tanto me interessam as lágrimas, por que tanta vontade de apelar a esse recurso fácil da dramaticidade. Por que me atrai a voz que fraqueja, por que me encantam as pálpebras cheias, os olhos marejados, se toda a minha vida batalhei contra esse transbordamento inevitável, contra o excesso dos afetos, contra a fragilidade. Mas um adulto que chora não é frágil, isso aprendi com convicção, essa lição já não me escapa: o adulto que chora sem se envergonhar é de uma transparência invejável. Me pergunto então se não será fruto dessa inveja minha atenção aos casos tristes, às cenas desoladas, meu descuido com o que há de alegre e terno em nossa relação tão vasta.

E, no entanto, não há muito de alegre no caso que retorna à memória. Tenho quatro ou cinco anos de idade, estou balançando a rede em que meu irmão está deitado. Mais forte, ele me pede, e eu subo num muro baixo para atender à sua vontade. Mais forte, ele insiste, e eu tento com tanto ímpeto empurrar o pano pesado que acabo por oscilar e cair, me choco contra o chão de cimento áspero. No grito estridente do meu irmão e em sua corrida desenfreada é que compreendo a gravidade da queda, num instante me vejo cercado, meu tio me toma no colo e vamos a caminho do hospital. Meu antebraço está quebrado em dois, é o que informa o médico ou meu tio, e é preciso encaixar as duas partes logo. Como almocei há pouco, não se recomenda a anestesia, a dor que vou sentir é forte mas passará rápido, é só mais um tranco no braço. Agora é meu o grito agudo que atravessa paredes e corredores, mas logo a dor passa, eu me acalmo, e vejo em meu tio um semblante orgulhoso.

Ele não chorou sequer uma lágrima, conta meu tio quando chegamos em casa, contará de novo a cada vez que rememorar essa tarde, a cada vez que quiser me agradar. Pouco depois fico sabendo, porque minha irmã me conta em segredo, também orgulhosa, que meu irmão chorou enquanto eu estava no hospital, que meu irmão sentia culpa ou remorso e se confessava em lágrimas, que meu irmão sofria tanto por mim que precisou ser consolado. E então entendo por que esse episódio ressurgiu de algum canto insondável, emergiu da imensidão de lembranças e imagens, interrompeu esta história: nessa noite fui eu quem quis dormir ao seu lado, juntei o meu colchão ao dele, apoiei sobre seu peito o braço que me restava.

44.

Caminho pelas ruas de Buenos Aires, observo a sequência indiscernível de fachadas, observo o nome das ruas. Belgrano, Sarandí, Carlos Calvo, caminho sem conseguir me situar, desenho círculos retos na cidade quadriculada. Estou perdido, mas demoro a aceitar que estou perdido, demoro a acreditar que possa me perder em meio a tal rigor topográfico. Se estou perdido e caminho em círculos numa cidade tão lógica, pondero em plena marcha, é porque não quero chegar a um ponto central, é porque resisto a alcançar o destino que escolhi, é porque fujo de algo que me espera no final.

Avisto então a placa da rua Virrey Cevallos e posso enfim dar algum ritmo aos meus passos. Descubro que encontrei meu rumo ao me ver acompanhado, caminho em companhia de outras pernas ágeis. Uma pequena multidão se acumula ante a sede das Avós da Praça de Maio, vislumbro a alguma distância a exaltação de seus braços, sinto em meu tórax a vibração de seus gritos. Com algum esforço vou abrindo passagem entre os corpos, mas logo me canso e me deixo engolfar pela turba, faço do meu corpo um elemento a mais da massa — sem que houvesse percebido o frio de antes, aprecio agora o calor da coletividade. Não tento mais chegar à porta, estou parado a alguns metros da entrada, e no rádio de um camarada se repete a notícia que nos convoca: hoje anunciaram mais um neto recuperado. É apenas o neto 114, quatro centenas de netos ainda faltam, quatro centenas de crianças usurpadas após o parto, quatro centenas de destinos ignorados. É apenas o neto 114, vocifera o locutor emocionado, mas este caso tem um valor simbólico, este é o neto de Estela de Carlotto, líder histórica das Avós. Foram trinta anos, foram mais de trinta anos de busca, de espera, de luta e tenacidade, mais de trinta anos que culminam nesta tarde.

Numa tela improvisada na janela surge então a imagem de uma senhora, a pele rósea contra os olhos fundos, o sorriso franco e largo, os cabelos brancos revoltosos, a senhora começa a falar e o silêncio que se impõe é imediato. A alegria enorme com que lhe brinda a vida ela celebra com voz mais firme do que seria de imaginar, a longuíssima batalha vencida, a vitória merecida da justiça e da verdade. Tem hoje sua família completa, ou quase: a cadeira vaga ele poderá ocupar, os porta-retratos vazios que há muito o aguardam terão agora a sua imagem. Já pude ver seu rosto, ele é lindo, diz a senhora sem alterar seu tom, sem atrasar nenhuma frase, sua face plácida enquadrada pelos ternos graves dos que a amparam. Ele é lindo e me procurou, cumpriu-se aquilo que as avós dizíamos: eles vão nos procurar. A história inteira não sabemos ainda, vamos ter que montar. Mas isto é para todos os que dizem basta, para os que ainda duvidam da nossa luta. Para os que querem que esqueçamos, que viremos a página como se não houvesse acontecido nada. Isto é uma reparação, sim, para ele, para mim, mas também para toda a sociedade. Só não é uma reparação total: é preciso continuar procurando os que faltam, outras avós têm que sentir o que estou sentindo hoje. De qualquer forma, obrigada: só o que eu queria era não morrer sem abraçá-lo.

Quando a massa se faz um turbilhão de gritos e aplausos, noto que não posso senão aplaudir e gritar, noto que não posso conter minhas mãos e meus lábios. Ao fundo alguém conclama à lembrança de todos os desaparecidos, de todos os presos, e juntos entoamos o brado costumeiro, juntos afirmamos que eles estão e estarão presentes, agora e sempre — *presentes, ahora y siempre*. Há algo de êxtase no que ali se vive, há uma euforia que perpassa os ombros, que se intui de mente a mente, há um furor coletivo que ninguém poderia prever. No rádio o locutor se empenha em definir o acontecimento, este capítulo eloquente da história nacional, este triunfo tardio contra o terror e o esquecimento, este desfecho feliz contra toda expectativa, este sentimento de reconciliação do país.

Quando já não gritamos, quando já não há vozes a ouvir, quando a multidão ao meu redor se dispersou e vejo que voltei a caminhar sozinho, sinto que não me resta tanto dessa euforia. Estou feliz, cumpri minha vontade de estar ali, de acompanhar de perto aquele fato, de me fazer presente e solidário e entre outros me confundir. Estou feliz pelos outros, mas há alguma inquietude em minha felicidade, há em meu peito esvaziado dos gritos uma módica melancolia. Não pude entrar na sede das Avós, fiquei do lado de fora vendo o que acontecia, e o lamento que agora me sobrevém não parece mero capricho. Ouvindo o silêncio das ruas, tragando o ar tão frio, já não me iludo com a exortação coletiva: ainda que apareça ali, ainda que me faça um fantasma a cruzar suas esquinas, estou ausente e estarei sempre ausente da reconciliação do país, serei sempre um apreciador distante das ocorrências argentinas.

E então entendo, ou creio entender, por que fiz de um temor longínquo uma solene fantasia. Então entendo por que tanto procuro as Avós, por que me exilo em sua sede maior, por que visito seus pontos sagrados, seus museus e memoriais. Por que estudo suas histórias com tanto afinco, por que me ponho a vasculhar o rosto de suas filhas, por que insisto numa provável mentira, contra toda evidência, a noção do meu irmão como um neto desaparecido. Isso não daria um sentido à vida dele, como alguma vez intuí. Isso não o absolveria de sua imobilidade angustiante, de seu presente vazio. Sou eu, e não ele, que desejo encontrar um sentido, sou eu que desejo redimir minha própria imobilidade, sou eu que quero voltar a pertencer ao lugar a que nunca pertenci. Entendendo enfim, situado enfim, decido enfim partir: nada me restituirá lugar algum, nada reparará o que vivi, pois não parece haver nada a ser reparado em mim.

45.

Como é imensurável o tempo da inação, o tempo da distância, o tempo do silêncio, como é diferente deste tempo do encontro, das vozes que se cruzam, dos rostos que se veem. Cruzo a cidade ao lado da minha irmã, revejo a paisagem que abandonei, estimo com surpresa o rio sujo que nos margeia, e nada disso penso, nada reflito, nada pondero. O tempo do encontro convida ao abandono das ideias, é feito de matéria pura, dedos finos que seguram o volante, lábios que descortinam dentes. Cruzo a cidade ao lado da minha irmã e me entrego ao prazer da convivência, ouço as histórias recentes que ela entoa com empolgação, admiro a exuberância de seus dias, a profusão de acontecimentos. Retribuo precariamente, agradeço de novo a gentileza da recepção, conto com vaguidão sobre a temporada que se encerra, eclipso a experiência lenta de Buenos Aires comentando banalidades da existência.

Da casa nova que compraram num rompante, das confusões de uma reforma que se faz complexa, da agitação ininterrupta de seus pacientes, tudo em seu discurso insinua uma continuidade, um presente amplo, uma vida que segue. Querem ter mais um filho em breve. Miguelito tem três anos já, é quase um adolescente, ela brinca e logo ri, ele fala tudo o que vem à cabeça, invenções que eu nem sei de onde ele tira. É impressionante como ele se parece com você, ela me diz, fisicamente, quero dizer, tem algum jeito seu, o jeito de ficar vermelho quando está nervoso ou constrangido, algo na concentração que dedica aos brinquedos, a devoção por qualquer livro também. Fala então do nosso irmão, tornado tio desta vez, você devia ver como ele é com o sobrinho, como ele se solta, passa horas se divertindo com o menino, apertando suas bochechas, ensinando coisas que eu nem saberia, é impressionante, alguma coisa nele se distende.

Por um instante não encontro o que responder, me descuido nas interjeições, a conversa se desfaz em silêncio estático e acabo devolvido à reflexão, ao exame obsessivo dos sentimentos. Penso que tenho negligenciado a minha irmã, que me distraí de suas ocorrências, que entregue a outras quimeras também a abandonei. Falar da família, pondero enquanto o carro atravessa a cidade cinza, escrever sobre a família e refletir tanto sobre ela não equivale a vivê-la, a partilhar sua rotina, a habitar seu presente. Penso no tempo: se desconheço a família, se tão pouca noção dela me resta, este é um livro velho. Penso no tempo: quantos anos levei para escrevê-lo, por quantos meses me isolei, há quanto tempo as histórias não são as mesmas, os conflitos se dissolveram?

46.

À mesma mesa nos encontramos, somos cinco nesse pronome, passou já das nove horas e continuamos conversando. Por enquanto não retornamos às velhas e sérias histórias, conversar tornou-se explorar mínimas graças cotidianas, ironizar pequenos dissabores, percutir as vibrações de nossas vozes para ver se nos reconhecemos, nos familiarizamos. Reparo que, depois de tantos anos, chegamos a ser mais brasileiros, ou mais alheios ao que alguma vez fomos: sobremesa agora são as frutas que colorem os nossos pratos, não as mãos que gesticulam com leveza, não as palavras ágeis que dispersamos.

Só quando já partiram meus irmãos, só quando já passamos à segunda xícara de chá, é que o tom do encontro se faz mais grave. Na noite passada meus pais leram o livro que lhes enviei, enganaram a insônia com estas páginas, por algum tempo estiveram depurando o que poderiam comentar, como lidariam com esta situação um tanto exótica. É claro que não podem fazer observações meramente literárias, ambos ressalvam como se quisessem se desculpar, durante toda a leitura sentiram uma insólita duplicidade, sentiram-se partidos entre leitores e personagens, oscilaram ao infinito entre história e história. É estranho, minha mãe diz, você diz mãe e eu vejo meu rosto, você diz que eu digo e eu ouço minha voz, mas logo o rosto se transforma e a voz se distorce, logo não me identifico mais. Não sei se essa mulher sou eu, me sinto e não me sinto representada, não sei se esses pais somos nós. Há sempre um matiz triste nos seus escritos, ela insiste e eu noto alguma mágoa. Entendo o apego que você tem pela intensidade, mas não sei se entendo por que ela tem de ser tão melancólica. Você não mente como costumam mentir os escritores, e no entanto a mentira se constrói de qualquer forma; não sei, talvez eu queira apenas me defender com este comentário, mas suspeito que não fomos assim, acho que fomos pais melhores. Penamos um pouco com seu irmão, é verdade, e você é fiel à sequência de fatos, fiel como se pode ser fiel às instabilidades da memória, mas me pergunto se ele chegou a ficar tão mal, se alguma vez foi tão esquivo, tão intratável, se por tanto tempo esteve inacessível no quarto. Me lembro e não me lembro de muito do que você narra, dos vários episódios ásperos, mas é evidente seu compromisso com a sinceridade, um compromisso que eu não termino de decifrar. Não entendi bem, por outro lado, por que você preferiu inverter o conflito com a comida, subverter o sobrepeso do seu irmão e retratá-lo magro. Apreciei, em todo caso, que houvesse ao menos um desvio patente, vestígio de outros tantos desvios, apreciei que nem tudo respondesse ao real ou tentasse ser seu simulacro.

Porque meu pai está calado, porque nunca a interrompe para expressar qualquer divergência ou contrariedade, porque assente num cabeceio vago sem dar suficiente atenção ao que ela fala, sei quanto a discussão foi ensaiada, sei que dividiram funções, debateram longamente a reação mais adequada. Devo dizer que algumas imprecisões me incomodam, meu pai assume seu posto na cena, meu pai toma a palavra. Nunca tive armas embaixo da cama; guardei armas em casa, sim, mas nunca as guardaria embaixo da cama, num lugar tão óbvio. E o jantar que você descreve para depois insinuar a tortura, a ausência dos amigos nesse jantar, nós nunca ficaríamos tão abalados. Eram tempos duros, cancelavam-se jantares. O que quero dizer é que sinto ingênuo esse militante que você evoca, e não quero me reconhecer nessa ingenuidade. Que no final tudo isso se discuta, que apareçamos criticando o livro, fazendo reparos, ressaltando impropriedades, pode até ser um recurso engenhoso, mas não sei se redime algo.

É absurda a cena que se passa no Parque da Água Branca, meu pai se alonga, e agora é minha mãe quem sinaliza uma concordância enfática: como alguém, à luz do dia, em pleno parque, sacaria da mochila uma granada? A essa passagem me parece faltar verossimilhança, meu pai diz, e por um instante eu não consigo conter minha revolta: Mas foi assim, vocês me contaram, desse caso eu acho que me lembro bem, por algum motivo ele ficou marcado para mim. Há muitas estranhezas na história de vocês, eu argumento, essa não seria a única. Algumas até tive que omitir porque nenhum leitor toleraria: como aceitar que tenham voltado à Argentina em pleno regime, clandestinos e vulneráveis, como aceitar que tenham se arriscado tanto para tentar adotar uma menina? Bom, pode ser, minha mãe contemporiza, que seja, a reunião no parque pode ter acontecido, meu pai aceita e concede: Aqueles eram mesmo anos inverossímeis.

No fundo acho que falamos de outras coisas, inventamos empecilhos, porque um pouco esse livro nos inquieta, é preciso confessar, nos preocupa a exposição excessiva. É meu pai quem coloca as perguntas: O que se ganha com uma descrição tão minuciosa de velhas cicatrizes, o que se ganha com esse escrutínio público dos nossos conflitos? Se seu irmão em suas festas devassava a casa para tanta gente, se aquilo que você descreve era uma invasão dos nossos domínios, que devassa você promove agora, que invasão do que temos de mais íntimo? Agora me calo, agora nenhum argumento surge em meu auxílio, mas percebo que minha mãe faz sinais para que ele suavize o discurso, parece rejeitar a abordagem incisiva. Abertamente ela pede calma, não nos exaltemos, não é preciso falar assim, ninguém lamenta que o livro tenha sido escrito.

Entendo, é claro, ele prossegue em tom ameno, que há muita elaboração de tudo o que vivemos, que o livro é outra forma de terapia, que uma história emocional ganha corpo ali. Mas nesse caso não deveria ficar entre nós, um texto que lêssemos juntos, interpretássemos, discutíssemos? Eu sei, nós sabemos que é um livro saturado de cuidado, carregado de carinho, eu sei que a duplicidade não se restringe a nós, que o livro também é duplo em cada linha. Há momentos, porém, em que me pego a duvidar, não estou certo de que ele deveria tão amplamente existir. Só não quero que você se guie pelo que digo, isso eu jamais quis: vá em frente, Sebastián, você fez o que tinha que fazer, e até é possível que alguém leia nisto um bom romance.

47.

Sou e não sou o homem que atravessa o corredor, sinto e não sinto o peso das pernas que se movem, ouço e não ouço o choque dos pés contra o chão. Na memória indelével do corpo guardo ainda o menino que tantas vezes ali hesitou, o menino que alguma vez fui, ou sou apenas o homem que chega à porta e ergue o punho cerrado com decisão? Não dura nada, não dura quase nada a percussão, são apenas os golpes banais de quatro dedos contra uma tábua, e, no entanto, neles ressoa um passado largo, neles ecoa uma longa jornada de temores e irresoluções. Estou e não estou parado diante do quarto do meu irmão, levo e não levo um maço de folhas debaixo do braço, não sei bem o que faço quando ali estou, se quero o seu abraço, se quero o seu perdão.

Espero e enquanto espero me assalta um medo insondável. Não sei bem o que indago, não dou ao medo as palavras exatas, mas creio sentir que me assalta uma velha insegurança, creio indagar se valerão algo estas páginas. Será bom o bastante o livro que pude alcançar, será sincero o bastante este livro possível, será sensível? Atendo com este objeto seu velho pedido, entrego o que um dia meu irmão quis, aquilo que um dia julguei que ele queria, ou há muito distorci qualquer desejo seu, inventei seu anseio para me fazer mais lírico? E então, quando os passos que ouço do outro lado dão novas balizas ao medo, já não é o livro o que me preocupa, o livro já não me interessa. Súbito sou eu, menino ou adulto, quem se faz objeto de um escrutínio, sou eu que devo responder aos ecos discretos do tempo. E então já não sei se fui suficiente, se fui o irmão possível, se fui bom o bastante, se fui sincero, se fui sensível.

Meu irmão abre a porta e não me traz respostas: em sua presença as perguntas se dissipam. Meu irmão é um corpo firme postado de perfil, é um braço estendido que me convida a entrar, é um quarto que surpreende de tão pacífico. Está sem camisa, e seu torso não é gordo nem magro, sua cicatriz não é mais que um traço largo que eu me obrigo a procurar. Noto que fujo de seus olhos, não os quero contemplar. Entro de cabeça baixa no quarto e é como se o ocupasse, como se não restasse espaço para mais nada; noto que no quarto não cabem as palavras. Em segundos lhe darei o livro, e talvez as palavras encontrem o seu lugar. Por ora, agora sim, me limito a olhar meu irmão, ergo a cabeça e meu irmão está lá, abro bem os olhos e meu irmão está lá, quero conhecer o meu irmão, quero ver o que nunca pude enxergar.

1ª EDIÇÃO [2015] 9 reimpressões

ESTA OBRA FOI COMPOSTA POR OSMANE GARCIA FILHO EM ELECTRA E
IMPRESSA PELA GRÁFICA BARTIRA EM OFSETE SOBRE PAPEL PÓLEN BOLD
DA SUZANO S.A. PARA A EDITORA SCHWARCZ EM MAIO DE 2024

A marca FSC® é a garantia de que a madeira utilizada na fabricação do papel deste livro provém de florestas que foram gerenciadas de maneira ambientalmente correta, socialmente justa e economicamente viável, além de outras fontes de origem controlada.